我的第一本
俄語課本

RUSSIAN
made easy!

前言

「俄語真的好難！」

在正式開始學習俄語之前，學生們最常說的話就是「俄語真的好難！」。雖然蘇聯解體已經 20 幾年，但在國人的認知當中，俄羅斯依舊是個遙遠的國家，俄語也仍是個遙遠的語言。但其實並非人們想像的如此，事實上，俄羅斯在經貿、科技、文化、藝術等領域與台灣交流頻繁，超乎我們的想像。只要能夠掌握正確的文法規則的話，便能夠掌握俄語，使俄語成為一門平易近人的語言。

近年來，因為俄羅斯的開放，使得經濟大幅成長，雖然在 2016 年受歐美各國的經濟制裁影響，經濟呈現衰退，但曾是「世界強國」的政治力量，及其國內潛力無窮的原物料及重工產業等的產業傳統，仍然使俄羅斯在詭譎的國際政治及經濟中，佔有舉足輕重的地位。
而全球——不論是亞洲還是歐美世界——對於俄語人才的需求，也遠比我們想像的要來的多，而精通俄語的人才所擁有的出路，也比我們可以預期的要來得更廣。
但是即使如此，依然有很多人覺得俄語是相當困難的語言，在學習俄語時不夠積極。

「只要精準掌握文法規則的話，就可以輕鬆學習俄語！」

筆者身為專業的口 / 筆譯者，經過現場實際的翻譯操演與自己學習的經驗中，發現了能夠輕鬆學習俄語的方法，因此編撰了這本俄語學習教材。在學習外語時，是不能單純只靠著書本學習，也不能只著重於文法，而是要在文法的基礎上，加入外國人實際所使用的道地詞語。

因此，依照本書的編排設計，在學習完字母，並將基本會話部分中最基礎的表現用法記熟後，就可以輕鬆運用俄語了。筆者認為精準地掌握文法規則是學習語言重要的一環，且是之後能夠達到並自由運用高水準外語的重要基石，因此針對文法方面，筆者都有補充詳細的說明。

希望讀者能活用這本教材有效地學習俄語，並可以對俄國可以產生無盡的喜愛。最後在此表達無限的感謝，謝謝所有為這本課本盡心盡力幫忙的人們。

來~ 讓我們現在就開始學俄語吧！

作者 李慧鏡

書的使用方法與結構

1. 字母與發音

俄語的發音和字母是學習俄語的重點之一。俄語是由33個字母所組成的，學字母時，可以先從邊聽 MP3，邊跟著寫開始。

2. 任何人都能簡單學會的基本會話

任何人都能很輕鬆認識、熟悉俄文，根據對話情境的練習基本會話。在每篇正文開始之前，會先學習、熟悉俄語的基本概念對話，就先了解對話吧！

3. 單字

在學習任何語言之前，都是從最基本的記單字開始。在「單字」這個單元裡面，收錄了將會用到的新單字，在進行課文對話之前，可以先邊聽MP3邊學習俄語單字。

附錄 為了各位讀者學習方便，我們特別收錄了俄國老師的錄音檔，讓同學能學到最自然道地、最精準正確的俄語發音，所以請同學跟著錄音檔練習發音與會話。

4. 俄羅斯人都在用的實際會話

本單元是參考俄羅斯人日常生活中使用，並根據實際狀況來編寫的對話內容，透過在當地生活中必需的會話來熟悉俄語。

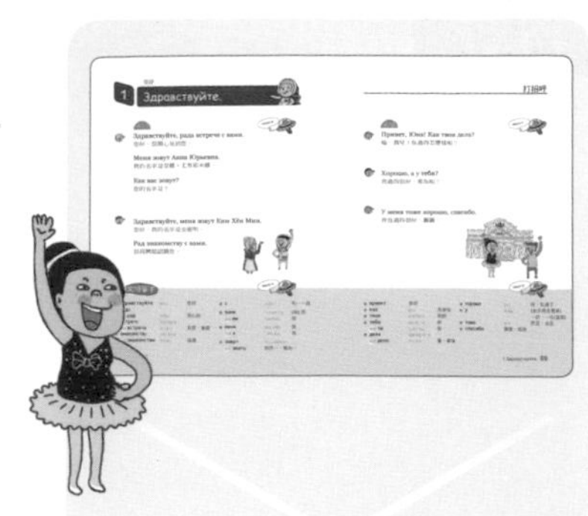

5. 會話中必學的文法解釋

這個單元以有趣、簡單的方式來解釋會話中的文法，讓讀者可以輕鬆掌握文法重點。只要好好把這單元的內容記起來，就能夠建立穩固的俄語基礎了！

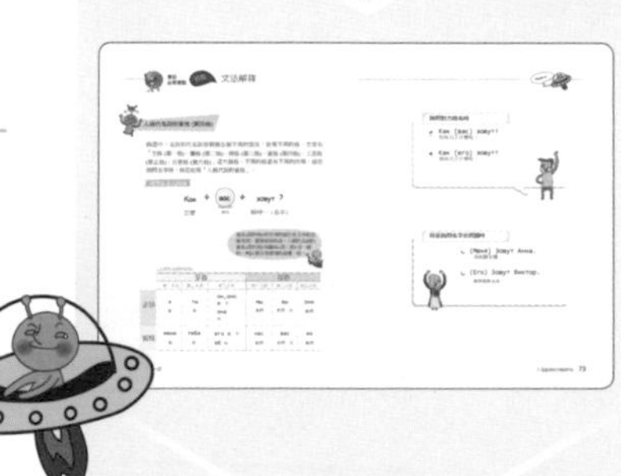

6. 主題式的句型與生字

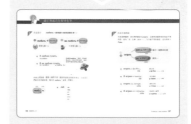

根據每課不同的主題，列出各種句型不同的表現方式。將基本句型背起來後，除了應用課文中所寫的句子以外，也可以與其他句子活用替換。

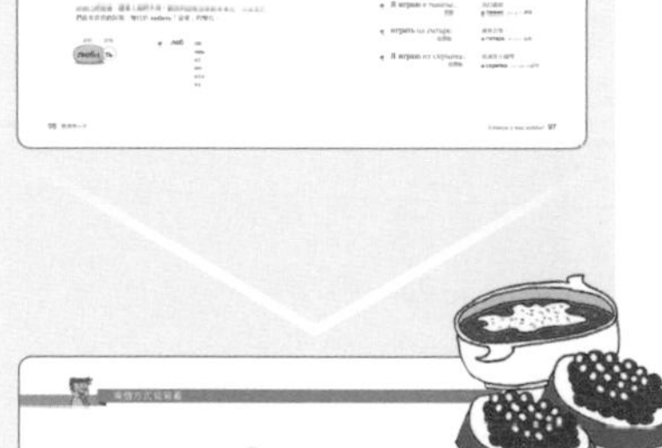

7. 換個方式寫寫看

將經常使用的句子、單字換掉後，做會話練習。一邊想像文中所給的情境，一邊聽 MP3 做練習吧。

8. 俄羅斯文化

學習俄語時，也應該一起了解俄羅斯的文化，因為語言是無法跟文化分開的。所以，就讓我們有趣地邊認識俄國文化，邊準備迎接下一課的開始吧。

目次

發音

基本會話

課文

附錄

發音

什麼是俄文？

你為什麼想學俄文呢？

俄語是聯合國指定的六種官方語言之一，全世界以俄語作為母語的人約有一億五千萬名左右，且約有一億兩千萬人將俄語當作第二外語在使用。

我想要在聯合國工作。

會接受外星人嗎？應該只有人類才能在聯合國工作吧！

俄羅斯

・莫斯科

哈薩克

中國

北美洲

俄語可以通用的地方，主要是前蘇聯解散後所成立的獨立國家國協 (CIS) 的會員國，其中包含現今的俄羅斯、白俄羅斯與哈薩克斯坦等，都將俄語當作是共通的語言。

稱謂

1) 第一次見面的人或是客氣地稱呼對方時

在俄語當中，稱呼對方的第二人稱用語分為兩種：

關係親密或友好的對象

敬稱，針對長輩、上位者及不熟識的對象

2) 跟不認識的人交談時

跟不熟的對象說話時，最好以「**Извините, пожалуйста~~**」作為對話的開始。俄語的「**Извините**」如同中文的「不好意思」、「抱歉」，而「**пожалуйста**」則有「拜託」、「請」等多種意義。但是在這邊，我們可以直接把它看作是中文的「失禮了」又或者是「不好意思」，也就是英文的「Excuse me!」。

3) 俄國人的名字

基本上俄國人的名字是由「名字＋父稱＋姓氏」所構成的。「父稱」就如字面上的意思，是從父親的名字中所變成的。以女生的名字來說，會在父親的名字後面加上「**-вна**」，或是加上「**-на**」，男生的名字則是加上「**-вич**」或是「**-ич**」。

字母與發音

1. 字母

俄語共有33個字母，由21個子音、10個母音、1個硬音符號及1個軟音符號所組成。

二十一個子音

Б	В	Г	Д	Ж	З	Й
К	Л	М	Н	П	Р	С
Т	Ф	Х	Ц	Ч	Ш	Щ

十個母音

А	Ы	У	Э	О	Я	И
Ю	Е	Ё				

一個硬音符號

Ъ

不發音，視為一個分音符號，即讓置於此符號前面的子音**發硬音**。

一個軟音符號

Ь

不發音，視為一個分音符號，即讓置於此符號前面的子音**發軟音**。

俄語字母	手寫體	字母名稱	發音
А а	А а	а	[a]
Б б	Б б	бэ	[b]
В в	В в	вэ	[v]
Г г	Г г	гэ	[g]
Д д	Д д	дэ	[d]
Е е	Е е	е	[ye]
Ё ё	Ё ё	ё	[yo]
Ж ж	Ж ж	же	[zh]
З з	З з	зэ	[z]
И и	И и	и	[i]
Й й	Й й	и краткое	[y]

一邊聽MP3，一邊大聲跟著唸

俄語字母	手寫體	字母名稱	發音
К к	*К к*	ка	[k]
Л л	*Л л*	эл	[l]
М м	*М м*	эм	[m]
Н н	*Н н*	эн	[n]
О о	*О о*	о	[o]
П п	*П п*	пэ	[p]
Р р	*Р р*	эр	[r]
С с	*С с*	эс	[s]
Т т	*Т т*	тэ	[t]
У у	*У у*	у	[u]
Ф ф	*Ф ф*	эф	[f]

俄語字母		手寫體	字母名稱	發音
Х	х	*Х х*	ха	[kh]
Ц	ц	*Ц ц*	цэ	[ts]
Ч	ч	*Ч ч*	че	[ch]
Ш	ш	*Ш ш*	ша	[sh]
Щ	щ	*Щ щ*	ща	[shch]
Ъ	ъ	*ъ*	твёрдый знак	-
Ы	ы	*ы*	ы	[y]
Ь	ь	*ь*	мягкий знак	-
Э	э	*Э э*	э	[e]
Ю	ю	*Ю ю*	ю	[yu]
Я	я	*Я я*	я	[ya]

2.字母與發音

1) 子音

俄語的子音可以分成「有聲子音」與「無聲子音」。
有聲子音在發音時，聲帶震動；無聲子音則是聲帶不振動。

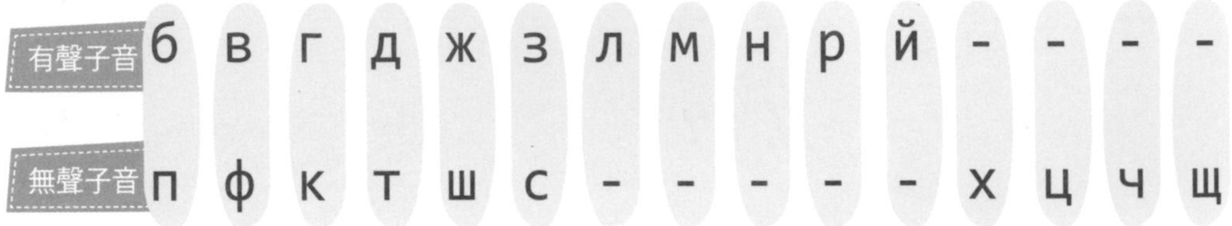

有聲子音	б	в	г	д	ж	з	л	м	н	р	й	-	-	-	-
無聲子音	п	ф	к	т	ш	с	-	-	-	-	-	х	ц	ч	щ

Б [бэ]　類似注音「ㄅ」的發音，跟英文的 book 的 b 發音相近。發音時先將雙唇緊閉，並以發音氣流衝開張口，所發出的爆破音 (塞音)。

Б б

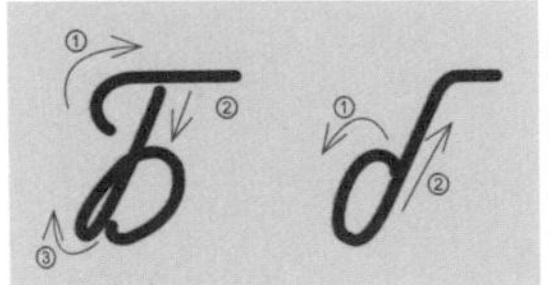

- Ба́бушка　奶奶
- Библиоте́ка　圖書館

B [вэ]

跟英文的 v 發音接近。發音時上齒與下唇輕輕觸碰，氣流通過時摩擦唇齒碰觸點所發出的聲音。

В в

В в

- Вра́ч 醫生
- Весна́ 春天

Г [гэ]

類似注音「ㄍ」的發音，也跟英文 good 的 g 發音接近。發音時，舌頭的後半部頂住軟顎，並以氣流衝開所發出來的音。

Г г

Г г

- Газе́та 報紙
- Го́род 都市

Д [дэ]

類似注音「ㄉ」的發音，也跟英文 d 發音接近。發音時，舌尖頂住上齒後，待氣衝出後彈開所發出來的音。

Д д

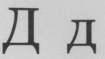

- До́брый 好的、優秀的、善良的
- Де́душка 爺爺、外公

Ж [же]

發音時，嘴唇向前伸，舌尖捲至上顎，舌向後縮，跟英文 pleasure 的 s 發音和注音「ㄖ」接近。

- Же́нщина 女人、女性
- Журна́л 雜誌

З [зэ]

發音時，舌尖輕頂下齒，跟英文 zone 的 z 發音接近。

З з

- Зда́ние 建築物
- Земля́ 土地、地球

Й [и краткое]

舌尖輕頂下齒舌面上抬輕觸上顎，發出「一」的音，但發音時間短；跟英文 boy 的 y 發音接近。

Й й

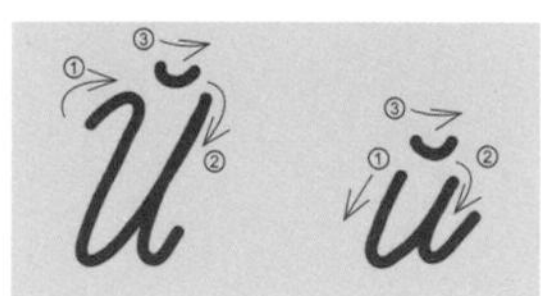

- Мо́й 我的
- Тво́й 你的

К [ка]

類似注音「ㄎ」的發音，或與英文 kite 的 k 發音接近。

К к

К к

- Коре́я 韓國
- Кни́га 書

Л [эл]

類似注音的「ㄌ」音。舌尖輕貼住上顎，舌後部抬起，舌頭形成湯匙一般的形狀，再從喉嚨發音。

Л л

Л л

- Ле́то 夏天
- Литерату́ра 文學

М [эм]

發音時雙唇先閉合，再使氣流透過鼻腔送出，跟注音的「ㄇ」發音類似，也和英文的 m 發音相似。

М м

М м

- Магази́н 商店
- Му́зыка 音樂

Н [эн]

類似注音「ㄋ」的發音，也跟英文的 n 發音相似。

Н н

Н н

- Не́бо 天空
- Но́мер 號碼

П [пэ]

類似注音「ㄆ」的發音，或是英文 pig 的 p。發音時雙唇輕閉，氣流沖開雙唇發音，但須注意聲帶不震動。

П п

● Письмо́ 信
● Поэ́т 詩人

Р [эр]

有點類似注音「ㄦ」的發音，但是需要彈舌，像西班牙語中的 r 一樣。發音時先將舌尖向前伸向上顎，但不要碰到上顎，再將翹起的舌尖送氣，使舌頭震動。

Р р

● Рабо́та 工作
● Рома́н 小說

C [эс] 類似注音「ㄙ」的發音，或是英文 some 的 s。發音時舌尖輕頂住下齒。

C c

● Странá 國家
● Сестрá 姊妹、妹妹、姊姊

T [тэ] 類似注音「ㄊ」，也與英文 t 的發音類似。

● Таксú 計程車
● Турúст 觀光客

Ф [эф]

類似注音「ㄈ」的發音，跟英文 fire 的 f 發音相似。

Ф ф

- Футбо́л 足球
- Фами́лия 姓氏

Х [ха]

類似注音「ㄎ」再加上「ㄏ」的發音，和英文 h 的發音也相似。發音時，舌根靠近軟顎的同時邊送氣，所產生的摩擦音，但發音時聲帶不震動。

Х х

- Хорошо́ 好
- Худо́жник 畫家

Ц [цэ]

類似注音「ㄘ」的發音，跟英文 tz 的發音相似。發音時舌尖輕抵下齒，氣流衝過縫隙發出摩擦音，但發音時聲帶不震動。

Ц ц

Ц ц

- Цвето́к 花
- Ци́рк 馬戲團

Ч [че]

跟英文 ch 發音相似。發音時舌尖輕觸牙齒後方，舌頭中央抬高，唇形撮圓，氣流衝過縫隙發出摩擦音，但聲帶不震動。

Ч ч

Ч ч

- Ча́шка 茶杯
- Ча́сто 經常

Ш [ша]

類似中文的「ㄕ」，跟英文 sh 的發音相近。發音時，舌尖靠近上顎，舌頭中央下凹，送氣衝過縫隙但聲帶不震動。

Ш ш

- Ша́пка 帽子
- Ша́хматы 西洋棋

Щ [ща]

發音時，舌頭中間部位貼近上顎，唇形撮圓，送氣衝過縫隙但不震動聲帶。如同將俄語的 ш 尾音再拉長一點，但發音聽起來較接近注音的「ㄒㄩ」。

Щ щ

- Ве́щи 物品
- Щётка 刷子

2) 母音

A [a]

發音基本上跟注音的「ㄚ」一樣。

A a

● Авто́бус 巴士
● Апте́ка 藥局

Ы [ы]

類似我們「呃一」的發音，發音時舌頭向後縮之後，舌頭再往前伸至顎部。

Ы ы

● Ры́ба 魚
● Сы́н 兒子

У [у]

發音時舌頭往後縮，嘴巴稍微嘟起，唇形呈現圓形，類似注音「ㄨ」的發音。

У у

● У́хо　耳朵
● У́тро　早上

Э [э]

雖然跟注音「ㄝ」或是 kk 音標 [ɛ] 的音類似，但是發音時嘴巴需更為張開。

Э э

● Э́то　這個
● Экза́мен　考試

O [о]

發音時嘴巴稍微嘟起，唇形呈現圓形，類似我們的「喔」的音。

О о

О о

- О́стров　島
- О́ля　奧莉雅(女子名)

Я [я]

類似中文「雅」的發音。在發音時，沒有重音的 я 比有重音的 я 音較弱，聽起來像帶 j 的 и。

Я я

- Я́хта　遊艇
- Я́блоко　蘋果

俄語的每個單字都有一個重音在字的某一個母音上，除了重音所在的母音之外，其他母音會變音。所以，俄語中的「她」она́ 的發音不是「喔哪」，而是「阿娜」的原因就是因為重音在a的關係。

И [и]

類似中文「依」或 kk 音標 [I] 的發音。發音時，舌尖置於下齒後，中間部位往上接近顎部。

И и

И и

- Интерне́т 網路
- Исто́рия 歷史

Ю [ю]

跟英文 university 的 u 或 you 的發音相似。

Ю ю

Ю ю

- Ю́бка 裙子
- Ю́ра 尤拉(男子名)

Е [e]

類似中文「耶」的發音。在非重音的音節裡時，e 的音會非常微弱，此時 e 的發音跟俄語 и 的音非常接近。

Е е

● Éсли　如果、萬一
● Еврóпа　歐洲

Ё [ë]

類似中文「喲」的發音。

Ё ё

● Ёлка　聖誕樹
● Ёж　刺蝟

3) 硬子音與軟子音的發音

俄語當中有硬子音與軟子音。硬子音就是發子音原本的音，沒有軟化。軟子音則是將前面的子音軟化，軟化後變化較大的為 д、т，變成類似注音ㄐ、ㄑ的音；發軟音時，舌頭中央拱起，盡量接近上顎即可。

硬子音與軟子音，多半是依據後面的母音為何作區分，但有幾個子音僅有某一種特性：

● 如果子音後面是接硬母音「а, э, ы, о, у」的話，就發硬子音。

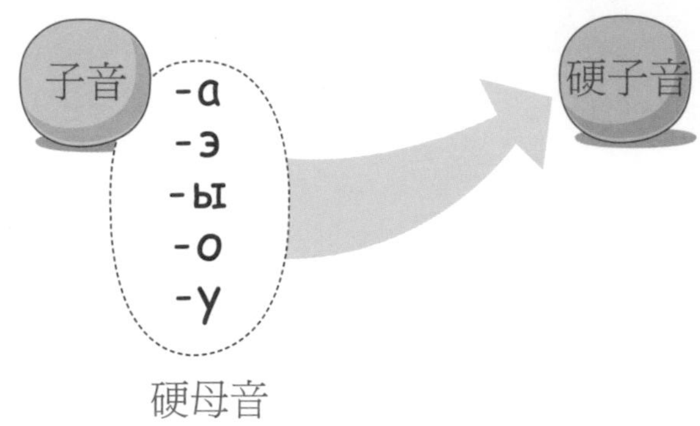

● 如果子音後面是接母音「я, е, и, ё, ю」的話，就發軟子音。

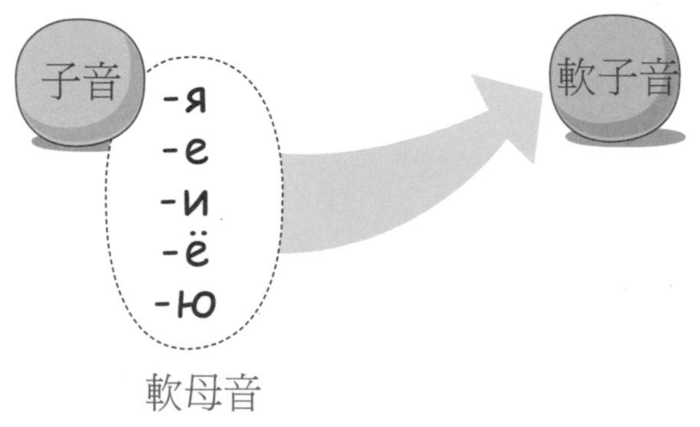

● 永遠的硬子音：ш, ж, ц
永遠的軟子音：ч, щ, й

4) 硬音符號

Ъ [твёрдый знак]

只要是放在 ъ 之前的子音都發成硬音，因此稱之為硬音符號。凡是在「硬音符號」前面的子音及後面的母音，在發音時都不發連音，且都單獨發音。

Ъ ъ

- **Подъéзд** 出入口、大門
- **Съéзд** 集會、大會

5) 軟音符號

Ь [мягкий знак]

只要是放在 ь 之前的子音都發為軟音，因此稱之為「軟音符號」。

Ь ь

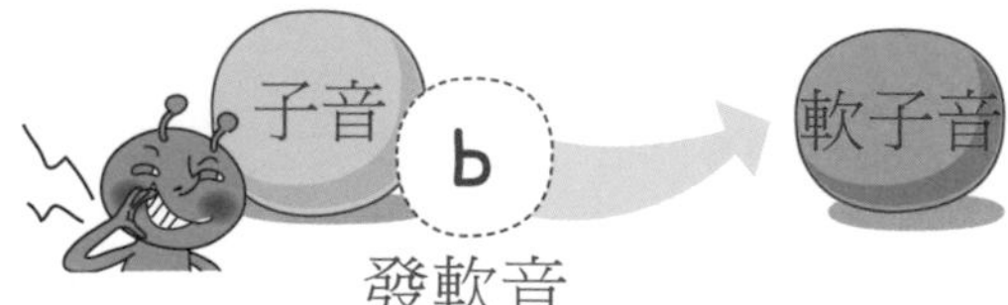

- **Дерéвья** 樹木
- **Ию́ль** 七月

3. 重音與語調

1) 重音

在俄語中，基本上一個單字中只有一個重音，且只位於母音上。課本中字母上的「 ˊ 」就是表示重音的符號，書寫時不必寫出來。若生字裡有 ё，則重音一定在 ё 上。在重音節的母音大多發清楚完整的音，但非重音節的母音是發短促的弱化音，甚至會弱化成不同的音。

母音 а 和 о

「о」不在重音時，就發短音的「а」；而在重音時仍維持「о」。

- окно́ 窗戶
- авто́бус 公車

ч 和 щ 後面的 а

ч 和 щ 後面的 а 在非重音的情況下，就發弱化音的「и」。

- часы́ 時鐘
- пло́щадь 廣場

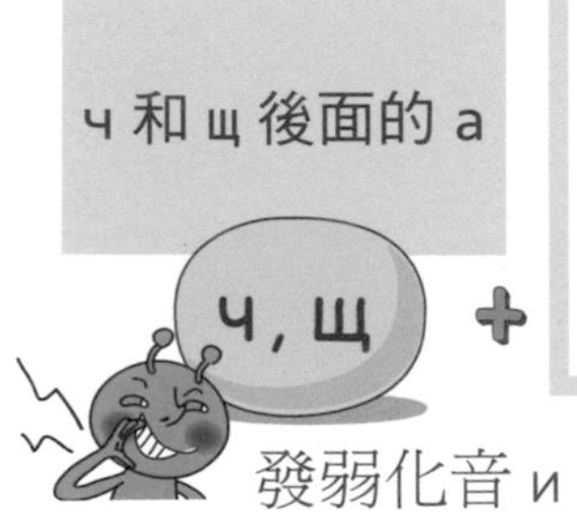

母音 е 和 я

非重音的情況下，發「и」的音。

- семья́ 家庭
- язы́к 語言、舌頭
- мо́ре 海

2) 語調

雖然所有的語言都有語調，但俄語語調是歸類在文法的重點之一。由此可知，俄語的語音語調相當的重要，因為它反映說話者的情緒、態度等潛台詞。至於對於語調的種類，學界雖有不同的見解，但主要仍可分為七種。如果沒有要進行學術研究的話，只要了解最基本的五種即可。

語調 1

主要用在陳述句當中。以句子中心單字之重音節（套紅處）為準，語調持平至中心單字的重音節後，再緩緩地下降。

Это Анна.

這是安娜。

語調 2

主要使用在感嘆句、強調或是有疑問詞的疑問句當中使用。在句子中心單字之重音節（套紅處）使用強音。強音聽起來語氣較重、語調下降較快。

Кто это?

這是誰？

語調 3

主要是出現在沒有疑問詞的疑問句當中或列舉時用。在句子中心的單字之重音節（套紅處），將語調急遽上揚後再急遽下降。

Это Виктор?

這是維克多？

語調 4

主要是在簡單的反問句或列舉時使用。在句子的中心單字之重音節（套紅處），將語調下降後再次將語調上揚。

А это?

那這個呢？

語調 5

主要使用在感嘆句當中，在句子的第一個單字的重音節將語調上揚，在句子的最後一個單字的重音（套紅處）將語調下降。

Какая красивая девушка!

多麼美麗的小姐啊！

基本會話

1. 打招呼：基本的問候語

見面的時候

Здра́вствуйте!	您好！
Приве́т!	嗨

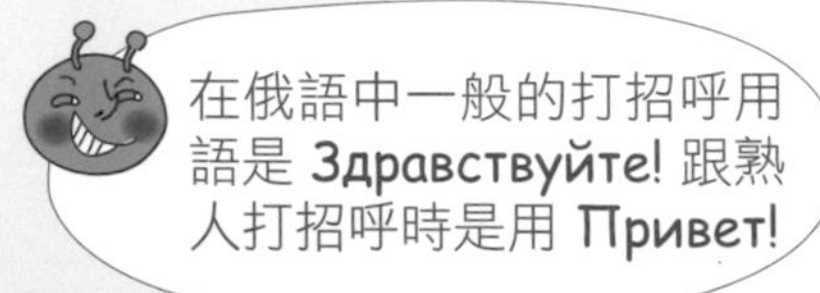

在俄語中一般的打招呼用語是 Здравствуйте! 跟熟人打招呼時是用 Привет!

分開的時候

До свида́ния!	再見！
До встре́чи!	下次見！
Пока́!	拜拜！

- **до́**
  前置詞直至
- **свида́ния**
  中性名詞　見面
  原形 **свида́ние**

不同時間打招呼的方式

до́брое у́тро!	早安 早上時的招呼
до́брый день!	日安 白天時的招呼
до́брый ве́чер!	晚安 晚上時的招呼

- **До́брое**
  形容詞中性型態
  好的，善良的
- **До́брый**
  形容詞陽性型態
  好的，善良的
- **у́тро**
  中性名詞　早上
- **де́нь**
  陽性名詞　白天，日子
- **ве́чер**
  陽性名詞　晚上

1. 基本的問候

Hello 和 hi	Здравствуйте!
	Привет!
Good bey 和 bye	До свидания!
	До встречи!
	Пока!

Анна, привет!
安娜，你好!

Чжимни, здравствуйте!
志明，您好

2. 不同時間打招呼的方式

打招呼的方式跟英文差不多，以早上、中午、晚上做區分。

早上	Доброе утро!
中午	Добрый день!
晚上	Добрый вечер!

Добрый 這個單字是個形容詞，有「好的、善良的」的意思在其中。утро 是「早上」的名詞，день 是「一天、中午」的名詞，вечер 是「晚上」的名詞。

Чжимни, доброе утро!
志明，早安

Анна, добрый день!
安娜，日安

基本
會話

2. 疑問句：這是誰

TRACK 07

Кто э́то?	這是誰？
Э́то А́нна.	這是安娜。
А́нна, кто э́то?	安娜，這是誰？
Э́то Анто́н.	這是安東。
Ива́н, кто э́то?	伊凡，這是誰？
Э́то А́нна и Анто́н.	這是安娜和安東。

- **кто**
  疑問代名詞
  誰
- **это**
  指示代名詞
  這，這個
- **и**
  連接詞
  和

Кто это?
這是誰？

1. 關於「是誰」的提問

Кто 是「誰」的疑問詞，Это 代表著「這個、這」的意思。Это 這個單字可以使用在人、事物等代稱上，在此可以把它翻譯成「這是…？」、「這位是…？」。

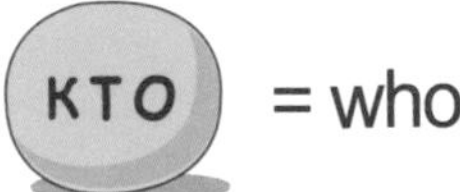

當 Кто 是在詢問人的情況下，可以將它視為英文的 who。

Кто это?
這是誰？

2. 對於問題的答覆

在回答 Кто 為首的問題時，可以先以 Это 作為開頭，後面再介紹對方是誰。在兩個人以上的情況下，在被介紹的兩個人之間加上含有「和」意思的 и 就可以了。

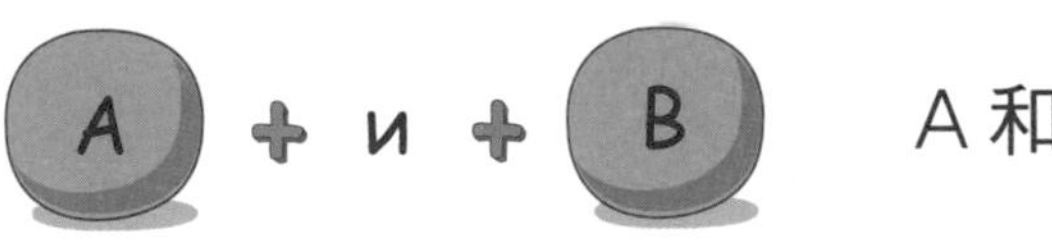

A 和 B

Это Чжимни.
這位是志明。

И это Анна.
和這位是安娜。

3. 疑問句：這是什麼

Что э́то? 這是什麼？

Э́то ру́чка. 這是原子筆。

Э́то кни́га? 這是書嗎？

Да, э́то кни́га. 對，這是書。

А э́то? 那麼，這個是什麼呢？

Э́то то́же кни́га. 這也是書。

Э́то кни́га? 這是書嗎？

Нет, э́то не кни́га. Э́то журна́л.
不，這不是書。這是雜誌。

- **что**
  疑問代名詞 什麼
- **ру́чка**
  陰性名詞 原子筆
- **кни́га**
  陰性名詞 書
- **да**
  是
- **А**
  連接詞 那麼
- **то́же**
  連接詞 也
- **Нет**
  不是
- **не**
  （否定接下來的單字）
- **журна́л**
  陽性名詞 雜誌

1. 關於「是什麼」的提問

Что是「什麼」的意思，Это是「這個、這」的意思。Это這個單字可以用在人、事物各方面，在這邊則是當作「這個是…」。

= what

Что是使用在
對事物的疑問句上

Что это?
這是什麼？

Это книга.
這是書。

2. 對於問題的答覆 – 肯定句、否定句

Да 意同英文的「yes」，Нет 則是「no」，Не 意同英文的「not」。

Да, это ручка.
是，這是原子筆。

Нет, это не ручка.
不是，這不是原子筆。

Нет 用於否定句，置於句首，但注意還要在句中被否定的詞前加上 Не 才行。

Не ＋ 

不是…

基本
會話

4. 疑問句：您從哪裡來

TRACK 09

Отку́да вы?
您來自哪裡呢？

Я из Коре́и. Я коре́ец.
我是從韓國來的，我是韓國（男）人。

А вы отку́да? 那您來自哪裡呢？

Я из Росси́и. Я ру́сский
我來自俄羅斯，我是俄國（男）人。

- **отку́да**
  地方疑問詞 從哪裡
- **из**
  前置詞 從、從~出來
- **Коре́и**
  屬格/第二格
  原形 Коре́я 韓國
- **коре́ец**
  韓國人(男)
- **Ро́ссии**
  屬格/第二格
  原形 Росси́я 俄國
- **ру́сский**
  俄國人(男)

Откуда вы?
你來自哪裡呢？

Я из Кореи.
我來自韓國。

1. 關於「來自哪裡」的問題

откуда 是「從哪裡來，來自哪裡」的意思，可以在詢問對方來自哪個國家時使用。

= where

使用在詢問地方的疑問詞上，類似於英文的 from where。

Откуда вы?
您來自哪個國家呢？

Я из Тайваня.
我來自台灣。

2. 人稱代名詞

用在指人的人稱代名詞有第一人稱、第二人稱、第三人在使用第三人稱代名詞時，又分成陽性、陰性、中性三種。

	單數		複數	
第一人稱	я	我	мы	我們
第二人稱	ты	你	вы	你們、您
第三人稱	он	他	они́	他們、她們、它們
	она́	她		
	оно́	它		

第三人稱複數不區分陽性、陰性與中性，僅有 они 一種用法。

3. из 從…，從…出來

在回答「來自哪裡？」的問句時所使用文法，如同英文中的 from。所以俄語的 **из** 就等於中文的「從…，從…出來」，在使用上可以「**из** + 國家」表示。

из ＋ 國家（屬格/第二格） 從…，從…出來

из 後面所加的名詞需變成屬格，也就是第二格。**«Корея»**是「韓國」的意思，而 **Кореи**為其屬格 (第二格) 的變格。

4. 國家與民族

就國家的民族而言，會依據陽性、陰性做區分，例如台灣(男)人是 **Тайванец**，台灣(女)人是 **Тайванька**。

國家		民族	陽性	陰性
韓國	Корéя	韓國人	корéец	корея́нка
俄羅斯	Росси́я	俄羅斯人	ру́сский	ру́сская
烏茲別克	Узбекистáн	烏茲別克人	узбéк	узбéчка
哈薩克	Казахстáн	哈薩克人	казáх	казáшка
烏克蘭	Украи́на	烏克蘭人	украи́нец	украи́нка

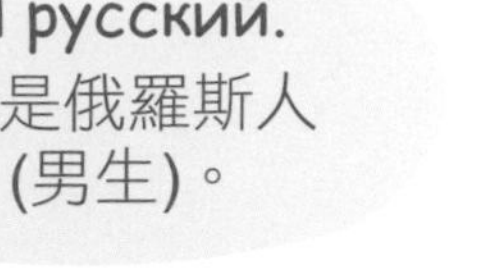

Я русский.
我是俄羅斯人
(男生)。

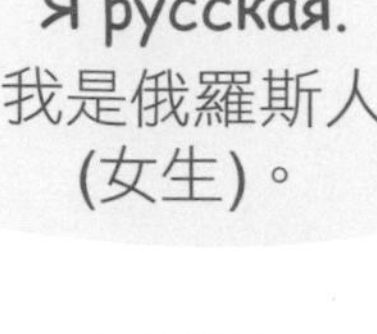

Я русская.
我是俄羅斯人
(女生)。

Я кореец.
我是韓國人
(男生)。

Я кореянка.
我是韓國人
(女生)。

Я узбек.
我是烏茲別克人(男生)。

Я узбечка.
我是烏茲別克人
(女生)。

Я казах.
我是哈薩克人(男生)。

Я казашка.
我是哈薩克人(女生)。

Я украинец.
我是烏克蘭人(男生)。

Я украинка.
我是烏克蘭人(女生)。

美國	США	美國人	америка́нец	америка́нка
台灣	Тайва́нь	台灣人	тайва́нец	тайва́нька

китаёза 或 **чинк** 是指中國佬，帶有貶意，現在較少人用。但少數俄羅斯人對待亞洲面孔的人不甚友善，有時多直接以嫌惡的語調叫著 **китаец, китайцы**，意即「中國人」。如果不幸在路上聽到時，還是要特別小心。

5. 疑問句：您叫什麼名字

Как вас зову́т? 您叫什麼名字呢？

↳ Меня́ зову́т А́нна. 我叫做安娜。

Как его́ зову́т? 他的名字叫什麼呢？

↳ Его́ зову́т Ви́ктор. 他叫做維克多。

Как её зову́т? 她的名字叫什麼呢？

↳ Её зову́т Юна 她的名字叫潤兒。

- **как**
  疑問副詞 怎麼、如何
- **вас** 賓格/第四格
  原形 **вы** 您
- **зову́т**
  第三人稱複數
  原形 **звать** 叫…
- **меня́** 賓格/第四格
  原形 **я** 我
- **его́** 賓格/第四格
  原形 **он** 他
- **её** 賓格/第四格
  原形 **она́** 她

人稱代名詞的賓格，請參閱51頁。

1. 關於名字的提問

以俄語詢問對方名字時，使用人稱代名詞的賓格 (第四格)；賓格主要做直接受詞使用。

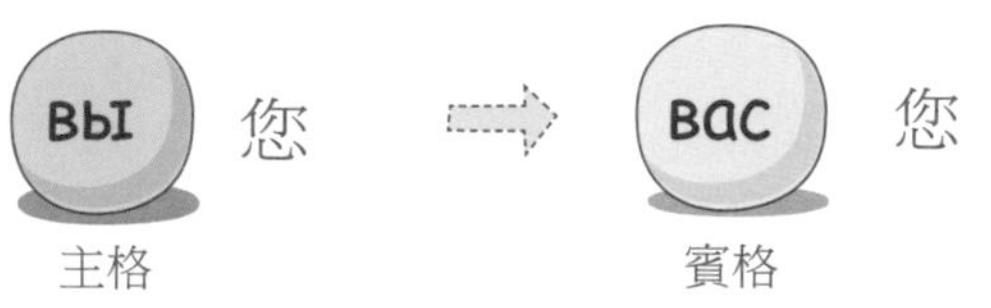

在這需要特別注意的是，當在詢問對方名字時，不是用主格 (第一格) 而是使用賓格 (第四格)。

2. 人稱代名詞的格

俄語的人稱代名詞有六個格：主格 (第一格)、屬格 (第二格)、與格 (第三格)、賓格 (第四格)、工具格 (第五格)、位置格 (第六格)。包含人稱代名詞在內，所有名詞皆會根據不同的文法，使用不同的格，這樣的情況稱為名詞的「變格」。「名詞變格表」請參閱196頁。

人稱代名詞的賓格

常用文法

俄語的人稱代名詞有六格，在這我們就先來瞭解一下最常用的主格 (第一格) 和賓格 (第四格)：

	單數			複數		
	第一人稱	第二人稱	第三人稱	第一人稱	第二人稱	第三人稱
主格	я 我	ты 你	он 他 онá 她 онó 它	мы 我們	вы 你們； 您	они́ 他們 她們 它們
賓格	меня́	тебя́	егó 他／它 её 她	нас	вас	их

6. 疑問句：您的職業

Áнна, вы рабóтаете или ýчитесь
安娜，您是已經在工作還是還在讀書？

Я рабóтаю.
我在工作。

А где? 在哪？(在哪裡工作？)
В поликли́нике. 在診所工作。

Какáя вáша профéссия
您的職業是什麼呢？

Я рабóтаю врачóм.
我是醫生。

- **рабóтаете**
  第二人稱複數
  рабóтаю
  第一人稱單數
  原形 **рабóтать** 工作
- **ýчитесь**
  第二人稱複數 讀書
  原形 **учи́ться**
- **где**
  疑問副詞 在哪裡
- **поликли́нике**
  位置格/第六格
  原形 **поликли́ника**
  陰性名詞 醫院
- **какáя**
  陰性疑問詞 哪一個
  какóй 陽性疑問詞
  какóе 中性疑問詞
- **профéссия**
  陰性名詞 職業
- **врачóм**
  工具格/第五格
  原形 **врáч**
  陽性名詞 醫生

1. 關於職業的提問

在俄語中，跟職業相關的提問有多種表現方式。最具代表性的就是問對方的「工作地點」，也就是問關於對方職場工作的問句：

Где вы работаете? 您在哪裡工作？

和直接問對方的職業：

Кем вы работаете? 您從事什麼行業呢？
= Какая ваша профессия?

TRACK 13

各種的職業名稱

教授
профессор

男大學生
студент

男老師
учитель

女老師
учительница

醫生
врач

女護理師
медсестра

企業家
бизнесмен

技師
инженер

Кем вы работаете?
您的工作是什麼呢？

Я работаю учительницей.
我是老師。

● студентка 女大學生

前置詞常與特定的名詞變格搭配。特別的是，同一個前置詞在不同的狀況下，會因搭配不同的名詞變格，而產生不同的意思。

• 表示地點的 в, на

前置詞 В、На 跟位置格 (第六格) 一起使用的話，表示某個行為或事件發生的場所。

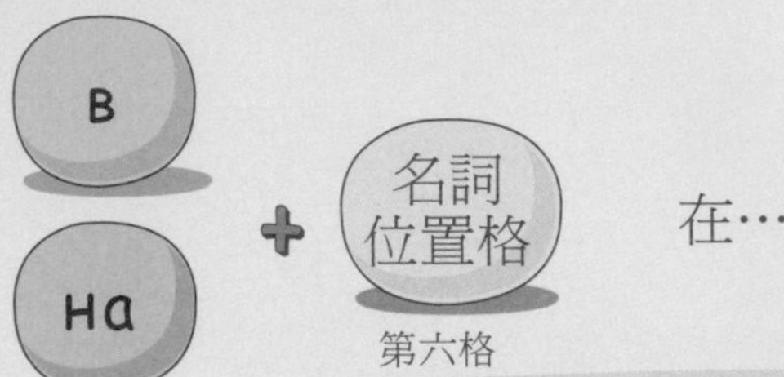

在使用前置詞時，會根據後面接的名詞來決定要用 В 或是 На，в 後多半會接有「場所」意思的名詞；на 則多會接含「場合、活動」的字詞。但有時也有例外，這時只好記起來了。

意思	名詞主格 (第一格)	前置詞 + 名詞位置格
❶ 在莫斯科	Москвá	в Москвé
❷ 在大學裡	университéт	в университéте
❸ 在診所	поликли́ника	в поликли́нике
❹ 在音樂會上	концéрт	на концéрте

名詞以母音結尾的情況下，將母音去掉加上е；以子音做結尾的情況下，就直接在字尾加上-е。

Мы живём[1] в Москве́.
我們住在莫斯科。

Я учу́сь[2] в университе́те.
我在大學裡面讀書。

Я рабо́таю[3] в поликли́нике.
我在診所裡面工作。

Вчера́ мы бы́ли[4] на конце́рте.
昨天我們去了音樂會。

莫斯科

大學

音樂會

基本
會話

7.疑問句：詢問年紀

TRACK 14

Ско́лько вам лет?
您幾歲？

Мне 30 лет.
我三十歲。

А вам ско́лько лет?
那麼您幾歲呢？

Мне 26 лет.
我二十六歲。

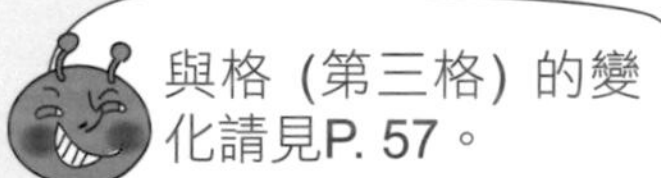
與格（第三格）的變化請見P. 57。

- **ско́лько**
  疑問副詞 多少
- **вам** 與格/第三格
  原形 вы 您
- **лет**
  …年、歲（年紀）
- **мне** 與格/第三格
  原形 я 我

1. 與格（第三格）及「年紀」

俄語當中有關表示年紀的用法，其主語都是用「與格 (第三格)」呈現。

人稱代名詞的與格 (第三格)

常用文法

	單數			複數		
	第一人稱	第二人稱	第三人稱	第一人稱	第二人稱	第三人稱
主格	я 我	ты 你	он 他 она́ 她 оно́ 它	мы 我們	вы 你們；您	они́ 他們
與格	мне	тебе́	ему 他 / 它 ей 她	нам	вам	им

2. 表示「年紀」的句型及數字

TRACK 15

數字 + год(а) / лет …歲

年紀	單字
一歲	год
二~四歲	го́да
五~二十歲	лет

1 оди́н 2 два 3 три 4 четы́ре 5 пять

6 шесть 7 семь 8 во́семь 9 де́вять 10 де́сять

11 оди́ннадцать 12 двена́дцать 13 трина́дцать

14 четы́рнадцать 15 пятна́дцать 16 шестна́дцать

17 семна́дцать 18 восемна́дцать

19 девятна́дцать 20 два́дцать

8. 疑問句：請問多少錢

Ско́лько сто́ит биле́т?
一張票多少錢？

Биле́т сто́ит 40 рубле́й.
一張票四十盧布。(盧布：俄羅斯貨幣單位)

Скажи́те, пожа́луйста,
ско́лько сто́ит э́тот журна́л?
請問這本雜誌多少錢？

10 ты́сяч вон
一萬韓圜。

● ско́лько
疑問副詞 多少

● сто́ит
第三人稱單數
原形 сто́ить 值、花費

● биле́т
陽性名詞 票

● рубле́й
複數屬格/第二格
原形 ру́бль
陽性名詞 盧布

● скажи́те 請說
第二人稱命令式
原形 сказа́ть 完成體動詞
說

● пожа́луйста
請、拜託

● журна́л
陽性名詞 雜誌

● вон
陽性名詞 韓圜

Сколько это стоит?
這個多少錢？

Это стоит 1,000 рублей.
這個一千盧布。

1. 表示「價格」的句型

詢問物品價格的句型為：

Сколько + 物品 + стоит　（物品）多少錢？

2. 數字30~1000

讓我們來看看30以上的數字怎麼說。

30, 40 ... 100, 1000	
30	три́дцать
40	со́рок
50	пятьдеся́т
60	шестьдеся́т
70	се́мьдесят
80	во́семьдесят
90	девяно́сто
100	сто
1,000	ты́сяча

尾數	年	格
1	год	主格
2~4	года	單數屬格(第二格)
5以上	лет	複數屬格(第二格)

2016的6因為是5以上的數字，所以使用複數屬格。

2016 + лет

2020 + лет

數字大於20的情況，例如21，就把它看作是20+1，即尾數是1，所以後面的名詞使用主格。

9. 疑問句：誰有

У кого́ есть фотоаппара́т?
誰有照相機？

У меня́.
我有。

Да́йте пожа́луйста, ру́чку.
請給我原子筆。

У меня́ нет ру́чки
我沒有原子筆。

- у+屬格 (第二格)
  在…附近、擁有
- кого́
  屬格/第二格
  原形 кто 誰
- есть
  有、存在
- фотоаппара́т
  陽性名詞 照相機
- да́йте
  命令式複數
  原形 дать
  給
- Ру́чку 賓格/第四格
  Ру́чки 屬格/第二格
  原形 ру́чка
  陰性名詞 原子筆
- нет
  沒有、不

表示「持有、擁有」的句型

у 當作前置詞時有「靠近 (某處)，在…附近」的意思。如果與人稱代名詞一起使用的話，即表示「持有，擁有」的意思。

у ＋ 屬格(第二格) (在誰那邊) 有什麼東西

前置詞　人稱代名詞

	單數			複數		
	第一人稱	第二人稱	第三人稱	第一人稱	第二人稱	第三人稱
主格	я	ты	он, оно/она	мы	вы	они
у + 屬格(第二格)	у меня	у тебя	у него/неё	у нас	у вас	у них

第三人稱代名詞 **его**、**её**、**их**，如果與 **у** (前置詞) 一起使用的話，在字首需加上子音 **н**。

У	меня	我	есть книга	有書。
	тебя	你	нет книги	沒有書。
	него	他		
	неё	她		
	нас	我們		
	вас	您；你們		
	них	他們		

如果是「有…」，則 **есть** 後接名詞主格；如果是「沒有…」，則 **нет** 後面接名詞屬格。

10. 提議

Дава́й пойдём в кино́.
一起去看電影吧！

Я хочу́ посмотре́ть но́вый фильм, но нет биле́та.
我想看剛上映的電影，但是我沒有電影票。

- **пойдём** 第一人稱複數形
  走、行動
  原形 **пойти́** 完成體動詞
- **кино́**
  中性名詞 電影，電影院
- **хочу́** 第一人稱單數
  想，想要
  原形 **хоте́ть** 未完成體動詞
- **посмотре́ть** 完成體動詞
  (有意識地) 看
- **но́вый**
  形容詞 新的
- **фильм**
  陽性名詞 電影
- **но**
  連接詞 但是

1. 規勸、提議的句型：Давай(те) 一起…

давай 的動詞原形是 давать，是作為命令型的特殊用法，用於「規勸」或「提議」。

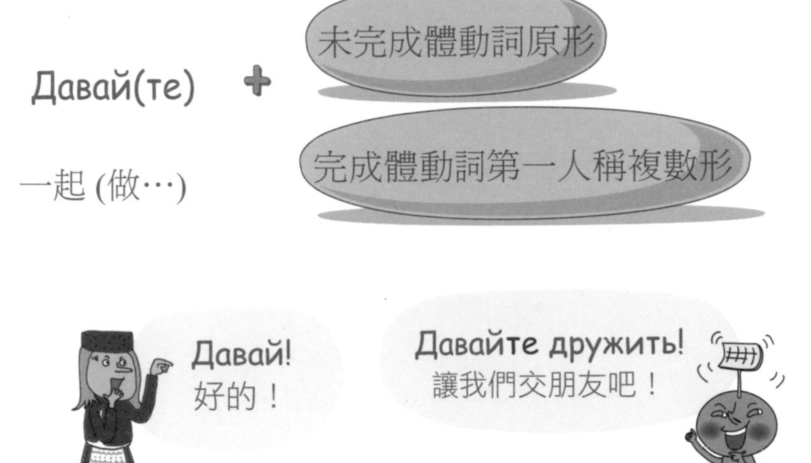

Давай(те)
一起 (做…)
未完成體動詞原形
完成體動詞第一人稱複數形
Давай!
好的！
Давайте дружить!
讓我們交朋友吧！

在單字後面加上те，表示較為客氣禮貌的語氣或文字表達。

2. 表示方向的前置詞 в/на + 賓格 (第四格) 往…

前置詞 в、на 與名詞的賓格 (第四格) 一起使用時，表示行為方向或運動的方向。

前置詞 в 或 на 的使用時機，通常依據後面所要接的名詞決定，判斷原則和後面接位置格（第六格）時相同。當遇到例外時，就只能一個一個記起來了。

常用文法

● 連接	и	和、及、還有、然後。
	то́же	而且、並且。
● 對立	но	但是。
	одна́ко	還是、即使這樣。
	а	雖然不是反對的意思，但有對立的意思。
● 不相連的	и́ли	或、或者。
● 原因	потому́ что	因為。
● 結果	поэ́тому	所以。
● 假設	е́сли	萬一。

課文

1

Здравствуйте.

您好。

您好

Здравствуйте.

Здра́вствуйте, ра́да встре́че с ва́ми.
您好，很開心見到您。

Меня́ зову́т А́нна Ю́рьевна.
我的名字是安娜・尤里耶夫娜。

Как вас зову́т?
您的名字是？

Здра́вствуйте, меня́ зову́т Ким Хён Мин.
您好，我的名字是金憲明。

Рад знако́мству с ва́ми.
很高興能認識您。

TRACK 20

單字	詞性	意思
● Здра́вствуйте	動詞命令式	您好
● Ра́да	陰性短尾形容詞	
原形 рад	陽性短尾形容詞	開心的
● Встре́че	與格（第三格）	
原形 встре́ча	陰性名詞	見面，會面
● Знако́мству	與格（第三格）	
原形 знако́мство	中性名詞	認識
● с	前置詞	和…一起
● ва́ми	工具格（第五格）	
原形 вы	人稱代名詞	您
● меня́	賓格（第四格）	
原形 я	人稱代名詞	我
● зову́т	第三人稱複數	
原形 звать	未完成體動詞	叫

課文2

Приве́т, Юна! Как твои́ дела́?
嗨，潤兒！妳過得怎麼樣呢？

Хорошо́, а у тебя́?
我過得很好，那你呢？

У меня́ то́же хорошо́, спаси́бо.
我也過得很好，謝謝。

TRACK 22

● приве́т		嗨	● хорошо́	副詞	好
● как	副詞	怎麼樣	● у	前置詞	(表示所有關係)…的，…在(誰那)
● твои́	所有代名詞	你的			
● тебя́	屬格（第二格）		● то́же	副詞	而且，並且
原形 ты	人稱代名詞	你	● спаси́бо	謝謝，感謝	
● дела́	複數主格（第一格）				
原形 де́ло	中性名詞	事，事情			

俄語名詞的性、數

俄語的名詞有陽性、陰性、中性的性別區分，這是源自古印歐語的一個語言特性，經過長時間演化和人為分類而形成的。要區分單字的性，除了少數例外需要特別記之外，通常看字詞的結尾字母即可。

	陽性	陰性	中性
單數	-子音，-й，-ь 的例外	-а，-я，-ь，-ия	-о，-е，-ие，-мя
複數	-ы，-и，-ии		-а，-я，-ии，-мена

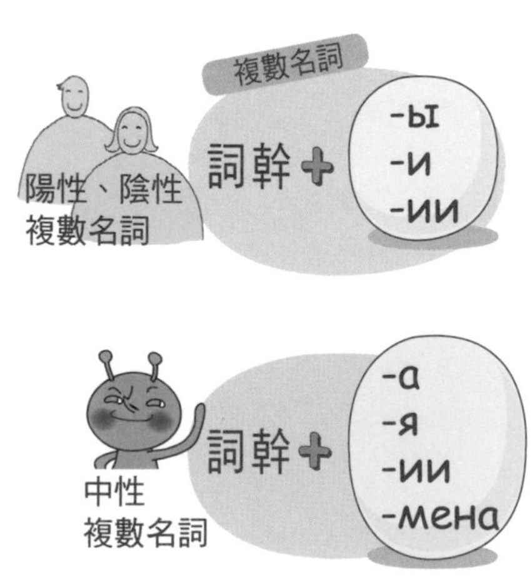

陽性名詞

- вечер 晚上
- журнал 雜誌
- день 白天，中午

以 ь 作為結尾的字，多半為陰性名詞。
день 為例外，為陽性名詞。

陰性名詞

- книга 書
- ручка 原子筆
- профессия 職業

中性名詞

- кино 電影、電影院
- утро 早上

複數名詞

- студенты 學生 陽性名詞 原形 студент
- книги 書 陰性名詞 原形 книга
- окна 窗戶 中性名詞 原形 окно

不用急著一下就全部記起來，從例句、課文中慢慢地熟悉了之後，就會一點一點地記起來喔！

人稱代名詞的賓格 (第四格)

俄語中，名詞和代名詞會根據各個不同的情況，使用不同的格。主要有「**主格 (第一格)**、**屬格 (第二格)**、**與格 (第三格)**、**賓格 (第四格)**、**工具格 (第五格)**、**位置格 (第六格)**」這六個格。不同的格都有不同的作用，而在詢問名字時，則是使用「人稱代詞的賓格」。

詢問名字的時候

怎麼　賓格　稱呼

賓格 (第四格) 的作用相當於英文中的直接受詞。需要留意的是，人稱代名詞的賓格 (第四格) 和屬格 (第二格) 是一樣的，所以要分清楚用的是哪一格。

(人稱代名詞的賓格)

	單數			複數		
	第一人稱	第二人稱	第三人稱	第一人稱	第二人稱	第三人稱
主格	я 我	ты 你	он, оно 他，它 она 她	мы 我們	вы 你們，您	они 他們
賓格	меня 我	тебя 你	его 他，它 её 她	нас 我們	вас 你們，您	их 他們

詢問對方姓名時

Как (вас) зовут?
您叫什麼名字呢？

Как (его) зовут?
他叫什麼名字呢？

回答詢問名字的問題時

↳ (Меня) Зовут Анна.
我叫做安娜。

↳ (Его) Зовут Виктор.
他叫做維克多。

各種打招呼的表現用語

1 見面時的打招呼用語

尊稱對方或是普通關係時的打招呼方式

Здра́вствуйте!　您好

沒有階級之分或和親近朋友見面時的打招呼方式

Приве́т!　嗨

2 離別時的打招呼用語

尊稱對方或是普通關係時的打招呼方式

До свида́ния!　再見。

До встре́чи!　下次見。(直譯：直到下次見面)

沒有階級之分或和親近朋友道別的打招呼方式

Пока́!!　拜拜。

3 不同時間的打招呼用語

跟英文的情況相似，問候語會依據
早上、中午、晚上而有不同~

До́брое у́тро! 早安。

До́брый де́нь! 日安

До́брый ве́чер! 晚安

● **Доброе** 形容詞中性 原形 **Добрый** 好的

4 問候

問候對方時

Как (ва́ши) дела́? （您）過得怎麼樣呢？

回答

↳ Хорошо́. 很好啊。
Ничего́. 沒有什麼特別的事情。
Норма́льно. 還可以啦。
Пло́хо. 不好。

換個方式寫寫看

01

Здравствуйте,	как	вас	зовут?
		его	
		её	

▶ 您好，	您	叫什麼名字？
	他	
	她	

↳ Меня	зовут	Хёнмин.
Его		Виктор.
Её		Юна.

▶ 我	叫做	憲明
▶ 他		維克多
▶ 她		潤兒

TRACK 26

02

Привет, как ваши дела?

▶ 嗨，您過得怎麼樣呢？

↳ Хорошо.

Плохо.

Нормально.

▶ 很好啊。
▶ 不太好。
▶ 還可以啦。

俄羅斯
國情概論

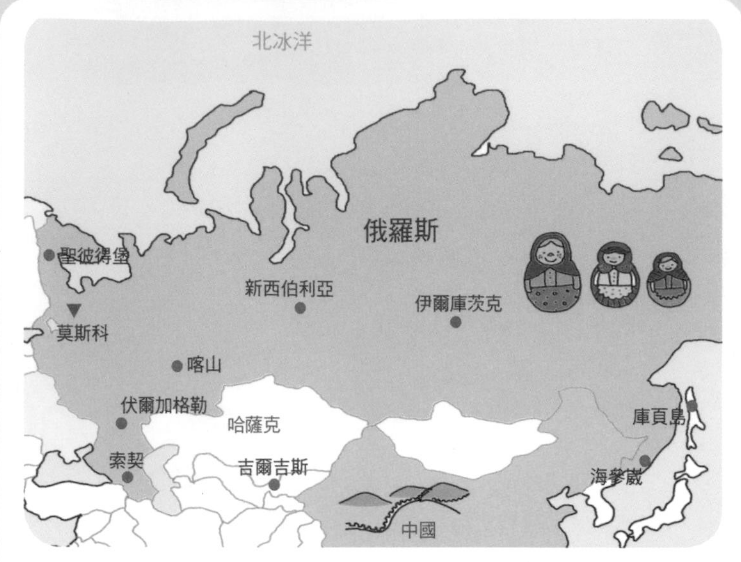

國名　俄羅斯聯邦 Russian Federation

首都　莫斯科

人口數　約1億4290萬

國土面積　約1708km²

官方語言　俄語

主要宗教　東正教

俄羅斯的正式名稱為俄羅斯聯邦 Russian Federation，是由二十一個共和國、四十九個州、六個邊境地區、一個自治州、十個自治區，及兩個特別市：莫斯科和聖彼得堡，共計八十九個聯邦主體所組成。

俄國的總人口數約一億四千兩百九十萬人，其中俄羅斯人就佔了總人口數的百分之八十，其餘的人口則是由約一百六十多個民族所組成。

2

Кем вы работаете?

您從事什麼工作呢？

您從事什麼工作呢？

2 Кем вы работаете?

課文1

TRACK 28

Кем вы рабóтаете?
您從事什麼工作呢？

Я рабóтаю врачóм.
А вы кем рабóтаете?
我是醫生，那您是從事什麼工作呢？

Я рабóтаю учи́тельницей.
我是（女）老師。

Кем вы работаете?
您從事什麼工作呢？

Я работаю врачом.
我是醫生。

常用單字

TRACK 27

- кем　工具格(第五格)　是誰
  原形 кто　疑問代名詞　誰
- профéссия　陰性名詞　職業
- врачóм　陽性名詞
  原形 врач　醫生
- учи́тель　陽性名詞　男老師
- учи́тельницей　工具格(第五格)
  原形 учи́тельница　陰性名詞　女老師
- рабóтаете　第二人稱複數
  рабóтаю　第一人稱單數
  рабóтаешь　第二人稱單數
  原形 рабóтать　未完成體動詞　工作
- у́чишься　第二人稱複數
  原形 учи́ться　未完成體動詞　學習、讀書
- в　前置詞　在⋯

Юна, ты рабо́таешь или у́чишься?
潤兒，妳已經在工作了還是還在讀書？

Я рабо́таю в ба́нке. А ты?
我是上班族，在銀行工作，你呢？

Я то́же рабо́таю.
Я рабо́таю на заво́де бухгалте́ром.
我也是上班族，在工廠裡當會計。

- на 前置詞 在…
- ба́нке 位置格 (第六格)
  原形 банк 陽性名詞 銀行
- то́же 副詞 也
- заво́де 位置格 (第六格)
  原形 заво́д 陰性名詞 工廠
- бухгалте́ром
  原形 бухга́лтер 陽性名詞 會計師

會話必學要點 文法解釋

疑問代名詞кто, что 的工具格 (第五格)

工具格 (第五格) 多用於表達「伴隨」、「以…手段或方法」及「資格」等意思。在詢問「職業」的時候也會使用工具格 (第五格)。

誰 ⇨

是誰

主格 (第一格)　　工具格 (第五格)

主格 (第一格)	工具格 (第五格)
кто　誰	кем　是誰
что　什麼	чем　用什麼

關於職業的問答

Кем вы работаете?
您從事什麼工作呢？

回答

Я работаю врачом.
我是醫生。

動詞 **работать** 工作與動詞變位

俄文的動詞的詞尾會跟著人稱與數變化，稱為「動詞變位」。動詞變位主要分為第一變位法與第二變位法，規則的動詞詞尾變化，直接記起來就可以舉一反三了！

動詞的第一變位法和第二變位法也可以稱做動詞一式、動詞二式。

單數		第一變位法	第二變位法
第一人稱	я	-у / -ю	-у / -ю
第二人稱	ты	-ешь	-ишь
第三人稱	он(она)	-ет	-ит
複數		**第一變位法**	**第二變位法**
第一人稱	мы	-ем	-им
第二人稱	вы	-ете	-ите
第三人稱	они	-ут/ -ют	-ат/ -ят

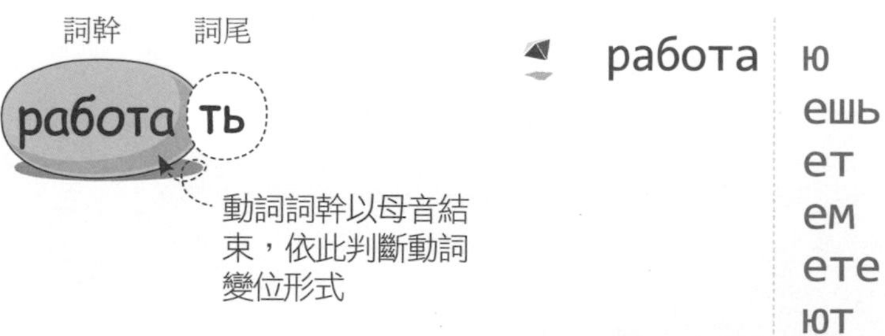

就如同上述的變化，第一變位法的常用動詞有 **делать** (做)，**читать** (讀)等。

會話必學要點

文法解釋

表示行為或事件發生的地點時，所用的前置詞 в, на + 位置格 (第六格)

我們在 P.54-55 頁已經學到，前置詞後會加上特定的名詞變格來使用。同一個前置詞本身在不同的狀況下，搭配了不同的名詞變格，也會產生不同的意思。

- 表示「地點」 в, на + 位置格 (第六格)

前置詞 в 和 на 搭配位置格 (第六格)一起使用時，可以用來表示「行為或事件發生的地點」。в 和 на 的使用時機略有不同：в 後多半會接含「場所」意思的名詞；на 則多會接含「場合、活動」的字詞。但有時也有例外，這時只好記起來了。

Мы живём в Москвé.
我們住在莫斯科。

Я учýсь в университéте.
我在大學讀書。

Я рабóтаю в поликлúнике.
我在診所工作。

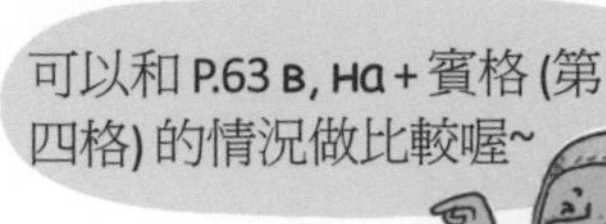

可以和 P.63 в, на + 賓格 (第四格) 的情況做比較喔~

Вчерá мы бы́ли на концéрте.
昨天我們去了音樂會。

關於職業的句型與生字

1 詢問對方關於「職業」的問題時

跟「職業」相關的提問有多種表現方式，最具代表性的問題就是問對方的工作地點，或是直接詢問對方的職業。

- Где вы работаете? 您在哪裡高就呢？ ● Где 哪裡
- Кем вы работаете? 您從事什麼工作呢？
- Какая ваша профессия? 您的職業是什麼呢？

2 職業的相關單字

1 студент 大學生 	3 учитель 男老師 	5 бизнесмен 商人 	7 врач 醫生 
2 профессор 教授 	4 учительница 女老師 	6 инженер 工程師 	8 бухгалтер 會計師 

女大學生的俄語是「студе́нтка」喔！

換個方式寫寫看

01

Кем	Антон	работает?
	Анна	
	Хёнмин	

▶ 安東	先生／小姐的職業是什麼呢
▶ 安娜	
▶ 憲明	

Антон	работает	учителем.
Анна		учительницей.
Хёнмин		врачом.

職業的表現用語是 **работать** ＋ 名詞工具格(第五格)。名詞工具格 (第五格) 的變化，請參照P.197。

▶ 安東是（男）老師。
▶ 安娜是（女）老師。
▶ 憲明是醫生。

02

Где	вы	работаете?
	ты	работаешь?
	Хёнмин	работает?

▶ 您	在哪裡上班呢？
▶ 你	
▶ 憲明	

Я	работаю	в банке.
		в университете.
Хёнмин	работает	в поликлинике.

職業場所的表現用語是 работать + в + 名詞位置格 (第六格)。

▶ 我在	銀行裡面	上班。
	大學裡面	
▶ 憲明在	診所裡面	

俄羅斯的象徵

旅遊真的很棒耶~有哪些
東西象徵俄羅斯呢？

每當想到俄羅斯時，會最
先聯想到紅色。

為什麼覺得好像有
些俗氣呢？
以前社會主義時期的革命象徵
是紅色，現今依舊是俄國人最
喜歡的顏色之一。

紅場

位於俄羅斯首都莫斯科的心臟位置。事實上紅場的「紅」是源於古代俄文「美麗」的意思，所以紅場的原本意思為「美麗的廣場」。俄國的總統官邸、列寧墓、國營百貨公司GUM、聖瓦西里大教堂等，都環繞在紅場周遭。

克里姆林宮

克里姆林宮位在莫斯科中心的河畔，是沙俄帝國時代的宮殿。共有二十座城牆和城門，且宮殿內部建築包含了不同時代宮殿風格。目前俄羅斯聯邦政府的總統官邸和政府機關皆設於此。

聖瓦西里教堂

坐落於莫斯科紅場的俄羅斯東正教教堂，為沙皇伊凡四世紀念征服喀山汗國所建造的教堂。建築風格融合了俄式與拜占庭式建筑的特色，高47 公尺的八角形中央尖塔，四周環繞了八個洋蔥式屋頂，包含四個禮拜堂多角塔及四個圓形塔，總共有九間禮堂。

3

Какое у вас хобби?

您有哪些興趣？

您有哪些興趣？

3 Какое у вас хобби?

TRACK 34

Что вы обы́чно де́лаете в свобо́дное вре́мя?
您有空的時候都做什麼呢？

Я люблю́ одна́ гуля́ть и́ли слу́шать му́зыку.
我喜歡自己一個人去散步或是聽音樂。

Каку́ю му́зыку вы лю́бите слу́шать?
您喜歡聽什麼音樂呢？

Я обы́чно слу́шаю коре́йскую му́зыку.
我通常聽韓國的音樂。

常用單字

TRACK 33

- что　代名詞　什麼
- обы́чно　副詞　通常
- де́лаете　第二人稱複數
  原形 де́лать　未完成體動詞　做…
- в　前置詞　在…（表示明確時間的前置詞）
- свобо́дное вре́мя　慣用語　空閒時間
- люблю́　第一人稱複數
  лю́бите　第二人稱複數
  原形 люби́ть　愛
- одна́　陰性變化　一、一個人
- гуля́ть　未完成動詞　散步
- слу́шать　未完成動詞　聽
- му́зыку　陰性名詞賓格(第四格)
  原形 му́зыка　音樂

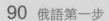

Юна, како́е у тебя́ хо́бби?
潤兒，妳有哪些興趣呢？

Я люблю́ чита́ть кни́ги и смотре́ть кино́. А ты?
我喜歡看書和欣賞電影，妳呢？

Я люблю́ спорт.

Ка́ждо́е воскресе́нье я игра́ю в футбо́л с друзья́ми.
我喜歡運動。每個禮拜天我都會和朋友一起去踢足球。

TRACK 35

● каку́ю	疑問代名詞 陰性變化 賓格 (第四格)	
како́е	中性變化	什麼、哪一種
● хо́бби	中性名詞	興趣
● у	前置詞	(誰) 的
● чита́ть	未完成體動詞	讀
● кни́гу	賓格 (第四格)	
原形 кни́га	陰性名詞	書
● смотре́ть	未完成體動詞	看、欣賞
● кино́	中性名詞	電影
● спорт	陽性名詞	運動
● ка́ждое	形容詞 中性變化	各個、各自
● воскресе́нье	中性名詞	星期天
● игра́ть	未完成體動詞	比賽、玩
● футбо́л	陽性名詞	足球
● друзья́	複數名詞	朋友們

形容詞的性與數

形容詞也會依據不同的性、數與格而有不同的語尾型態，需與修飾的名詞一致。

	陽性	陰性	中性
單數	-ый, -ий, -ой	-ая, -яя	-ое, -ее
複數	-ые, -ие		

複數時不用特別去區別「性」，全部都以 -ые、-ие 做變化即可。

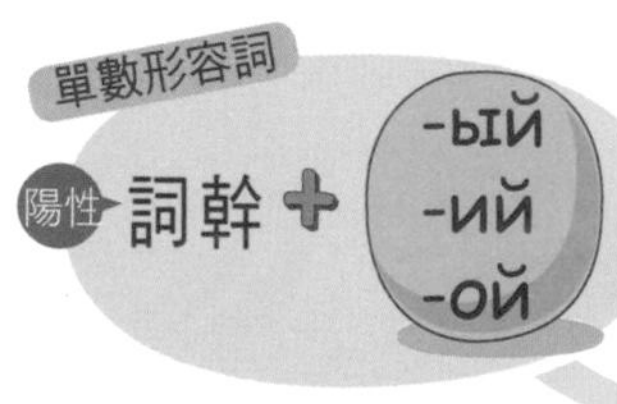

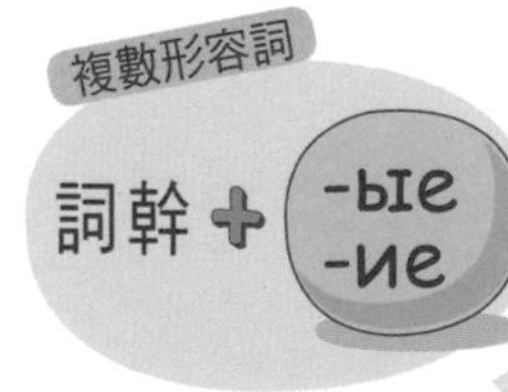

中性 詞幹 + -ое -ее

有趣的

. интересн | ый / ая / ое / ые

年輕的

. маленьк | ий / ая / ое / ие

小的

. молод | ой / ая / ое / ые

如果是 **ой** 結尾的形容詞，重音在語尾的 **о** 上；如果不是的話，就只好多多加油了！

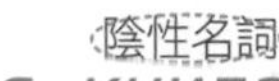

- интересная книга (陰性名詞) 有趣的書
- маленький человек (陽性名詞) (身高)矮的人
- чистое окно (中性名詞) 乾淨的窗戶
- молодые учёные (複數名詞) 年輕的學者們

會話
必學要點

初階 文法解釋

疑問代名詞 какой

какой 就如同英文的 which，但會根據一起使用的名詞之「性」、「數」和「格」而有所變化。

用俄語詢問人或事物的特徵時，會使用單字 какой (什麼樣的/哪種的)。

	陽性	陰性	中性
單數	какой	какая	какое
複數	какие		

Какая это книга? 這是什麼樣書呢？
● книга 陰性名詞 書

Это новая книга. 這是新書。
● новый 陽性變化 新的

工具格

前面 (p.70) 已經提過，俄語的名詞是根據陽性、陰性、中性，以及單數或複數來做為名詞的區分方式。除此之外，名詞還會根據不同狀況使用不同的變格。俄語中有六個格，名詞會因格的不同，在語尾產生變化。在這邊我們要學的是工具格，工具格是使用於「一同、手段、資格……」等。c 的意思為「和 (誰) 一起…」。

	陽性	陰性	中性
單數	-ом, -ем	-ой, -ей,-ью	-ом, -ем
複數	-ами, -ями		

和(誰)一起…

前置詞　　工具格

(名詞的變格表)

	單數			複數		
	陽性	中性	陰性	陽性	中性	陰性
主格(第一格)	-子音,-ь/-й	-о/-е/ -ие/-мя	-а/-я/-ь/-ия	-ы,-и	-а,-я	-ы,-и
屬格(第二格)	-а/-я	-а/-я/ -ия/-мени	-ы/-и/-ии	-ов/-ев/-ей	去掉字尾母音/-ь/-ий	
與格(第三格)	-у/-ю	-у/-ю/ -ию/-мени	-е/-и/-ии	-ам/-ям		
賓格(第四格)	主格 (非動物名詞) -а/-я (動物名詞)	-о/-е/ -ие/-мя	у/-ю/-ь/-ию	同複數主格 (非動物名詞)		同複數屬格 (動物名詞)
工具格(第五格)	-ом/-ем	-ом/-ем/ -ием/-менем	-ой/-ей/ -ью/-ией	-ами/-ями		
位置格(第六格)	-е	-е/-ии/-мени	-е/-и/-ии	-ах/-ях		

Я играю в футбол с друзьями. 我跟朋友們一起踢足球。

● друзья 朋友們

Мы гуляли со студентами. 我們和學生們一起散步。

大部分 С +工具格 (第五格)是正確的文法，但是當後面的單字是以 С 做開頭且有 2 個子音相接的話，需要在 С 的後面加上一個 О，也就是變成 СО + 工具格 (第五格)。

關於興趣的句型與生字

表達喜好

любить + 原形動詞 的意思是喜愛 (做…)。

喜愛 (做…)

不喜愛 (做…)

Я люблю гулять.
我喜愛散步

Я не люблю гулять.
我不喜愛散步。

● **гулять** 散步

俄語的**любить**「喜愛」是根據動詞第二變位所形成的。動詞變為及需注意的地方如下所示。

前面已經提過，隨著人稱的不同，動詞的語尾也會跟著變化。在這邊我們就來看看動詞第二變位形 **любить**「喜愛」的變化。這個字的重音，只有在第一人稱單數時落在詞尾 блю 的「ю」上；其他變位時則在詞根 люб 的「ю」上。

詞根 詞尾

люб	лю
	ишь
	ит
	им
	ите
	ят

2 表達各種興趣

在表達興趣時，最常用的動詞為 играть。這個字會隨著接在後面不同的格，而有「玩、比賽、演奏……」等多種不同的意思，就如同英文的 play。

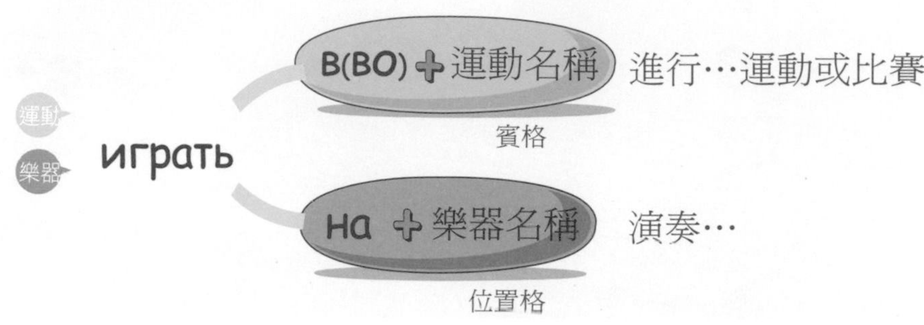

играть в футбол.
賓格

踢足球
● футбол 陽性名詞 足球

Я играю в теннис.
賓格

我打網球
● теннис 陽性名詞 網球

играть на гитаре.
位置格

演奏吉他。
● гитара 陰性名詞 吉他

Я играю на скрипке.
位置格

我演奏小提琴。
● скрипка 陰性名詞 小提琴

關於興趣的句型與生字

3 星期…

代表「在星期…」的意思。
「星期名詞」使用賓格。

 ● понеде́льник 陽性名詞 星期一		 ● вто́рник 陽性名詞 星期二
 ● среда́ 陰性名詞 星期三	 ● четве́рг 陽性名詞 星期四	 ● пя́тница 陰性名詞 星期五
 ● суббо́та 陰性名詞 星期六		 ● воскресе́нье 中性名詞 星期日

Я игра́ю в футбо́л в воскресе́нье. 我星期天踢足球。

Мы гуля́ли в суббо́ту. 我們星期六去散步了。

● гулять 散步

在這邊需要注意的是，星期三、星期五、星期六都是陰性名詞，所以賓格的語尾要從 a 變成 y。

換個方式寫寫看

01

Какое	у вас	хобби?
	у Хёнмина	
	у Анны	

▶ 您的	興趣是什麼呢？	
▶ 憲明的		
▶ 安娜的		

Я	люблю	читать книгу.
Хёнмин	любит	играть в футбол.
Анна	любит	гулять.

▶ 我	喜愛	閱讀
▶ 憲明		踢足球
▶ 安娜		散步

● **любить** 愛、喜歡

TRACK 38

02

Что	ты делаешь	в свободное время?
	Антон делает	
	вы делаете	

▶ 你 / ▶ 安東 / ▶ 您 在休閒時間都做些什麼事呢？

● делать 做…

Я	слушаю	музыку.
Антон	смотрит	кино.
Я	читаю	книгу.

▶ 我聽音樂。
▶ 安東看電影。
▶ 我看書。

● слушать 聽
● смотреть 第二變化形 看
● читать 閱讀

俄羅斯的
文化與藝術

俄羅斯以藝術與文化在世界上大放異彩，其中，又以芭雷舞、音樂、文學最具代表性。

想要去看表演，
應該去哪裡呢?
走！走！走！
去看《胡桃鉗》！

芭雷舞

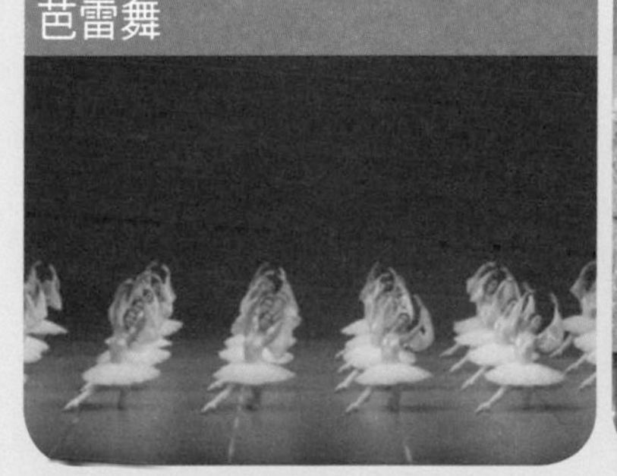

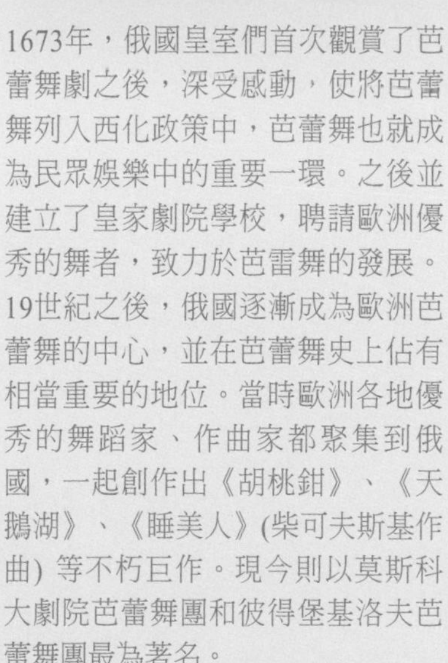

1673年，俄國皇室們首次觀賞了芭蕾舞劇之後，深受感動，使將芭蕾舞列入西化政策中，芭蕾舞也就成為民眾娛樂中的重要一環。之後並建立了皇家劇院學校，聘請歐洲優秀的舞者，致力於芭雷舞的發展。19世紀之後，俄國逐漸成為歐洲芭蕾舞的中心，並在芭蕾舞史上佔有相當重要的地位。當時歐洲各地優秀的舞蹈家、作曲家都聚集到俄國，一起創作出《胡桃鉗》、《天鵝湖》、《睡美人》(柴可夫斯基作曲) 等不朽巨作。現今則以莫斯科大劇院芭蕾舞團和彼得堡基洛夫芭蕾舞團最為著名。

音樂

近代以來，俄國音樂受到歐洲的影響後，產生了各種發展。國民樂派的「五人團」：穆索斯基、林姆斯基-高沙可夫等，及學院派的魯賓斯坦兄弟、柴可夫斯基是近代最具代表的音樂家。近代以後的音樂家則有拉赫曼尼諾夫與史特拉汶斯基等著名的音樂家。

文學

俄羅斯文學在世界舞台上大放光彩，是從19世紀開始。19世紀初，天才詩人普希金的詩、小說、戲劇等作品中，所融入的題材皆展現出強烈的民族意識，並寫實地反映當時俄國的社會情況與國民情緒，並建立起俄羅斯獨特的文學風格，因此被譽為「俄國文學之父」。19世紀中期以後則以寫實主義小說為主流，杜斯妥也夫斯基的小說《罪與罰》、《卡拉瑪佐夫兄弟》和現實主義文學家托爾斯泰的《戰爭與和平》、《安娜・卡列尼娜》皆為20世紀的文學帶來極大的影響力。

4

Какой вид транспорта у вас есть?

你們有哪些種類的交通工具呢？

你們有哪些種類的交通工具呢？

4 Какой вид транспорта у вас есть?

課文1

Вам нра́вится Москва́?
您喜歡莫斯科嗎？

Да, о́чень краси́вый го́род.
是的，這是個非常美麗的都市。

Кста́ти, како́й вид тра́нспорта у вас есть?
順帶一提，你們有哪些種類的交通工具呢？

Я хочу́ пое́хать на Кра́сную Пло́щадь.
我想要去紅場。

У нас есть метро́, авто́бус, трамва́й и тролле́йбус.
我們有地鐵、公車、有軌電車、無軌電車。

TRACK 39

常用單字

● вам	與格 (第三格)	
原形 вы	人稱代名詞	您
● нра́вится	第三人稱單數	
原形 нра́виться	未完成體動詞	喜歡
● о́чень	副詞	非常
● краси́вый	形容詞陽性變化	美麗的
● го́род	陽性名詞	都市
● кста́ти	副詞	順帶一提
● вид	陽性名詞	樣子，種類
● тра́нспорта	屬格 (第二格)	
原形 тра́нспорт	陽性名詞	交通
● есть	未完成體動詞	有…，成為…
參考 быть		
● хочу́	第一人稱單數	
原形 хоте́ть	未完成體動詞	想，想要
● пое́хать	完成體動詞	(搭) 去…

交通工具

Вы мо́жете пое́хать на Кра́сную Пло́щадь на метро́. 您搭地鐵就可以到紅場了。

На каку́ю ли́нию метро́ ну́жно сесть?
要搭什麼線呢？

На зелёную ли́нию. Я покажу́ вам.
搭綠色線就可以了。我指給您看。

Спаси́бо.
謝謝。

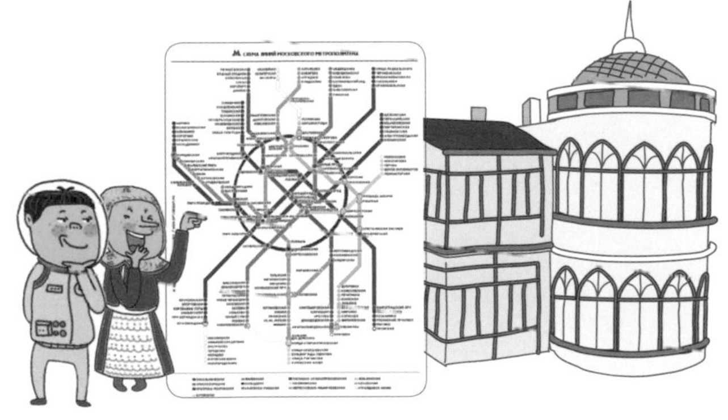

- на 前置詞 搭 (交通工具)
- Кра́сную Пло́щадь 賓格 (第四格)
  原形 Кра́сная Пло́щадь 陰性名詞 紅場
- метро́ 中性名詞 地鐵
- авто́бус 陽性名詞 公車
- трамва́й 陽性名詞 電車
- тролле́йбус 陽性名詞 電動公車
- мо́жете 第二人稱複數
  原形 мочь 未完成體動詞 可以，能
- ли́нию 賓格 (第四格)
  原形 ли́ния 陰性名詞 (地鐵) 路線
- ну́жно 謂語副詞 需要
- сесть 完成體動詞 坐
- зелёный 形容詞楊性變化 綠色的
- покажу́ 動詞第一人稱單數
  原形 показа́ть 完成體動詞 給…看，顯示

Оди́н биле́т, пожа́луйста.
請我一張地鐵票。

40 рубле́й.
四十盧布。

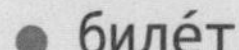

- биле́т　陽性名詞　票
- пожа́луйста　感嘆詞　拜託、請
- не　否定副詞　否定的意思
- да́ли　動詞過去式複數
  原形 дать　完成體動詞　給
- сда́ча　陰性名詞　找零

Вы не да́ли сда́чу 60 рубле́й.
您還沒找我六十盧布的零錢。

Ой, извини́те. Вот ва́ша сда́ча.
唉呦，不好意思，您的零錢在這。

Спаси́бо.
謝謝。

- **извини́те** 動詞命令式 (第二人稱複數)
  原形 **извини́ть** 完成體動詞 對不起、不好意思
- **вот** 副詞 這裡
- **спаси́бо** 謝謝

會話必學要點

初階 文法解釋

運動動詞

運動動詞可分為定向動詞與不定向動詞。定向動詞表示朝著一個方向進行的運動，而不定向動詞表示朝著各個方向 (往返、反覆) 進行連續的動作。

運動動詞在表現方向時，經常與前置詞 **в**、**на** 一起使用。

動詞	定向動詞	不定向動詞
走路去	идти́	ходи́ть
搭車去	е́хать	е́здить
跑步去	бежа́ть	бе́гать
飛去	лете́ть	лета́ть
游泳	плыть	плава́ть

搭車的俄文是 **ехать**，為什麼需要加上 **по** 呢？

ехать 為未完成式，**поехать** 為完成式。未完成式有反覆不斷的意思，完成式則是帶有一次性的意思，因此當表示只有一次的時候就使用 **поехать**。

一次的意義

Вы мо́жете пое́хать на Кра́сную Пло́щадь на метро́.
您可以搭地鐵去紅場。

мочь 後面接原形動詞，表示「能…」的意思。

- **мо́жете** мочь複數第二人稱變位 能~
- **Кра́сную Пло́щадь** 賓格/第四格 紅場
- **пое́хать** 完成體動詞 (搭交通工具)去、出發

交通工具出現在句子裡面時 на + 位置格 (第六格) 以…交通方式

在俄語的句子裡面，想要表達搭某種交通工具的時候，會以前置詞 на + 交通工具的形式表現，中文意思為「搭…去」。

на + 

搭…

(前置格/第六格)

метро, такси 是外來語，所以不變格。

ехать
搭

на автóбусе 巴士 

на маши́не 汽車

на такси́ 計程車 

на метрó 地鐵 

на самолёте 飛機

- 原形 автóбус 陽性名詞
- 原形 маши́на 陰性名詞
- 原形 такси́ 中性名詞
- 原形 метрó 中性名詞
- 原形 самолёт 陽性名詞

可以將 P.54 與 P.63 一同比較看看喔！

表示「擁有」的意思 у + 屬格 (第二格)

可以參照 P.61 的人稱代名詞的屬格。

у + 人稱代名詞 (屬格) + (есть) 有…；擁有…

- У меня́ есть маши́на. 我有汽車。
- У них сын и дочь. 他們有兒子和女兒。

關於數字及顏色的句型與生字

1 數字

俄語數詞中包含了基數詞、序數詞與合成數詞。數詞全部皆會隨著名詞的「格」的不同，而有所變化。

1 оди́н

оди́н студе́нт 一名男大學生。

одна́ студе́нтка 一名女大學生。

одно́ перо́ 一根羽毛。

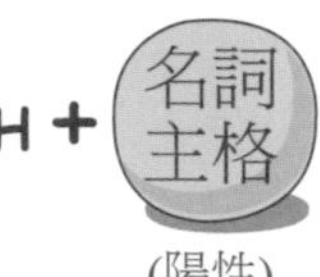

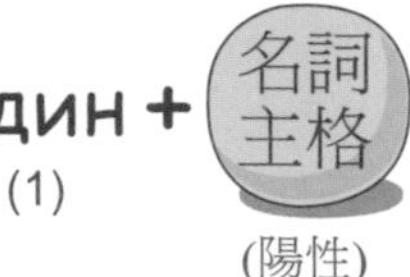

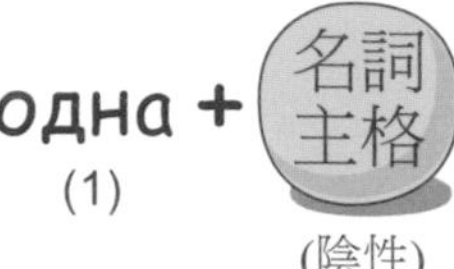

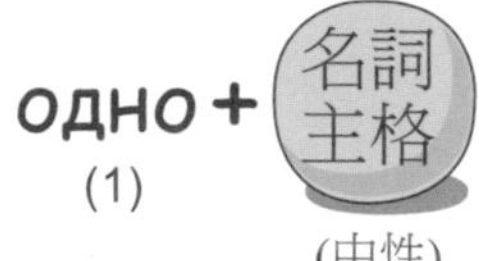

2 два

3 три

4 четы́ре

數字2、3、4使用單數屬格(第二格)。

два студе́нта 兩名大學生。

две студе́нтки 兩名女大學生。

два пера́ 兩根羽毛。

два + 名詞屬格
(2)
(陽性、中性)

две + 名詞屬格
(2)
(陰性)

три (3) / четыре (4)

5	пять	8	во́семь
6	шесть	9	де́вять
7	семь	10	де́сять

5~10 + 名詞屬格 (複數)

數字 5~10 使用複數屬格。

пять студе́нтов 五名學生們。

11	оди́ннадцать	30	три́дцать
12	двена́дцать	40	со́рок
13	трина́дцать	50	пятьдеся́т
14	четы́рнадцать (省略e)	60	шестьдеся́т
15	пятна́дцать (省略ь)	70	се́мьдесят
16	шестнадца́ть	80	во́семьдесят
17	семна́дцать	90	девяно́сто
18	восемна́дцать	100	сто
19	девятна́дцать	1000	ты́сяча
20	два́дцать		

21 два́дцать оди́н

два́дцать оди́н студе́нт
二十一名學生。

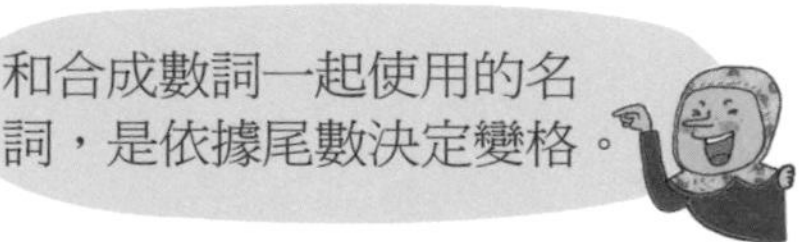

和合成數詞一起使用的名詞，是依據尾數決定變格。

關於數字及顏色的句型與生字

2 貨幣

俄羅斯的貨幣單位一元以上是「盧布」，一元以下的分、角是「戈比」。

3 顏色

為了能夠用俄語說明地鐵路線圖，需要先瞭解些基本的顏色 (цвет)。

красный 紅色的	оранжевый 橘色的	жёлтый 黃色的
зелёный 綠色的	синий 藍色的	голубой 天空藍的
фиолетовый 紫色的	жёлто-зелёный 黃綠色的	серый 灰色的

換個方式寫寫看

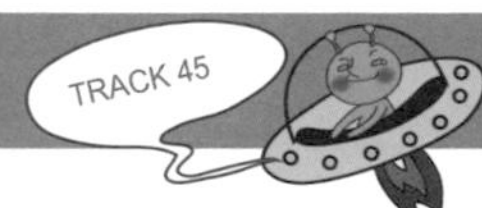

01

Как вы хотите поехать туда?

▶ 您想要怎麼去那邊呢？

Я хочу поехать туда | на метро. | на автобусе. | на трамвае.

▶ 我想要 | 搭地鐵 | 搭公車 | 搭電車 | 去。

02

На какую ветку метро нужно сесть?

▶ 該搭幾號線呢？

● 原形 **ветка** 陰性名詞 地鐵…號線、樹枝

Зелёную.

Оранжевую.

Серую.

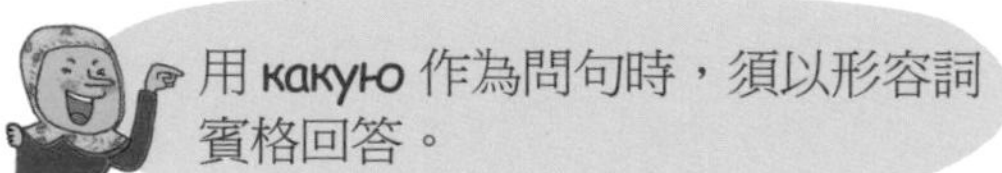

用 **какую** 作為問句時，須以形容詞賓格回答。

▶ 綠色 | ▶ 橘色 | ▶ 灰色 | 線

俄羅斯的交通方式

有軌電車(трамвай)

會依循著設置在路上的軌道運行，有軌電車跟火車差異在於，有軌電車是透過連接車頂上方的電線做為運行的動力。有軌電車主要設置於在沒有地鐵的地區，和不相接的地鐵線之間，作為連結兩地鐵線的交通工具。

無軌電車(троллейбус)

雖然與有軌電車相似，但無軌電車沒有軌道，可較自由的變換路線。無軌道電車的動力來源和有軌電車一樣，也是透過連接車頂上方的電線來發動電車。因此，雖然無軌道電車可以樣一般公車一樣自由地穿梭在路上，但活動範圍依舊會受到電線的長度所侷限。

地鐵(метро)

俄國的地鐵以便利及美麗聞名。至1935年開始營運之後，至今總共已有11條路線開通，且在俄國地鐵裡面，全面使用自動手扶梯。長度最短為50m，最長超過200m，而且速度相當快。不僅如此，俄國的每個地鐵站都有各式各樣的壁畫、雕刻品、棚頂裝飾畫等，十分美輪美奐。旅客可以透過各個地鐵站欣賞俄國的藝術之美。

公車(автобус)

俄國的公車運行模式與台灣類似，但是俄國的公車文化相較於其他國家依舊不盛行，公車設備較為老舊。

5

Я забронировал номер.

我訂了飯店的房間。

我訂了飯店的房間。

5 Я забронировал номер.

Здра́вствуйте, я заброни́ровал но́мер.
您好，我預訂了房間。

Как ва́ше и́мя?
Да́йте пожа́луйста, па́спорт и креди́тную ка́рту.
請問，怎麼稱呼？請給我護照與信用卡。

Меня́ зову́т Ким Хён Мин. Фами́лия Ким.
我的名字是金憲明，姓氏是金。

- **заброни́ровал** 動詞過去式陽性單數
  原形 **заброни́ровать** 完成體動詞 預定

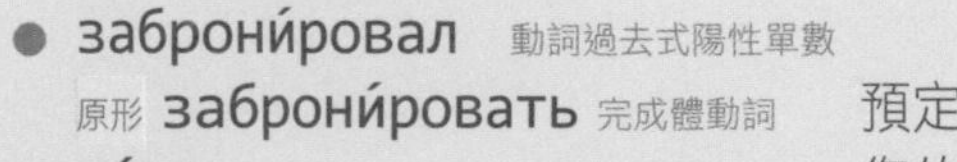

- **ва́ше** 所有代名詞 您的
- **но́мер** 陽性名詞 飯店的房間，號碼
- **зову́т** 第三人稱複數
  原形 **звать** 未完成體動詞 叫，命名
- **да́йте** 動詞命令式
  原形 **дать** 完成體動詞 給，提供
- **пожа́луйста** 副詞 拜託、請
- **па́спорт** 陽性名詞 護照

Подпиши́те здесь, пожа́луйста.
Вы мо́жете поза́втракать в рестора́не на второ́м этаже́.
請在這邊簽名。您可以在二樓的餐廳用早餐。

Благодарю́ вас.
謝謝您。

Не́ за что.
不客氣

- креди́тную ка́рту 賓格(第四格)
  原形 креди́тная ка́рта 陰性名詞 信用卡
- Подпиши́те 動詞命令式
  原形 подписа́ть 簽名 (第一變位動詞)
- здесь 副詞 這邊、這裡
- поза́втракать 動詞 用早餐
- второ́м 位置格(第六格) 第二個
  原形 второ́й 形容詞
- этаже́ 位置格(第六格) 層、樓
  原形 эта́ж 陽性名詞
- Благодарю́ 第一人稱單數 謝謝
  原形 благодари́ть 未完成體動詞
- Не́ за что 慣用語 不客氣

Я хоте́л бы освободи́ть но́мер.
我想要退房。

Вы по́льзовались миниба́ром в но́мере?
請問您使用了客房小酒吧嗎？

Нет.
沒有。

- **освободи́ть** 完成體動詞 釋出，騰空
- **по́льзовались** 動詞過去式複數
  原形 **по́льзоваться** 未完成體動詞 使用、運用
- **миниба́ром** 工具格(第五格)
  原形 **миниба́р** 陽性名詞 客房小酒吧 (minibar)

飯店

А как отсю́да мо́жно добра́ться до аэропо́рта?
該怎麼從這邊去機場呢？

Вы мо́жете воспо́льзоваться аэроэкспре́ссом.
您可以利用機場快捷。

Хорошо́, спаси́бо.
好的，謝謝。

- **добра́ться** 完成體動詞 到達 (場所)
- **воспо́льзоваться** 完成體動詞 運用…，利用…
- **аэропо́рта** 屬格(第二格)
  原形 **аэропо́рт** 陽性名詞 機場
- **аэроэкспре́ссом** 工具格(第五格)
  原形 **аэроэкспре́сс** 陽性名詞 機場快捷
- **хорошо́** 副詞 好

動詞的未完成體與完成體

俄語文法中，動詞的體及時態相當重要。大部分的俄語動詞都具有未完成體與完成體的型態。未完成體主要指一般的事實、進行中的動作、反覆性的習慣等，而完成體則是指已完成的、單次的動作。

動詞 **читать** 前面加上 **про** 的話，就變成完成體動詞了喔！
читать
未完成體
прочитать
完成體

1 未完成體動詞的時態

		過去	現在	未來	
一般的事實、進行中的動作、習慣等	я	читал (а)	читаю	буду	читать
	ты	читал (а)	читаешь	будешь	
	он	читал	читает	будет	
	она	читала			
	оно	читало			
	мы	читали	читаем	будем	
	вы		читаете	будете	
	они		читают	будут	

● **читать** 動詞 閱讀

事實 Водá течёт.
水流出來。

習慣 Я кáждый день просыпáюсь в 6 утрá.
我每天六點起床。

進行 Я читáю книгу.
我在讀書。

完成 Я вчерá нóчью прочитáла кни́гу.
我昨天晚上已經讀完書了。

2 完成體動詞的時態：完成體動詞無法表示現在式時態

<table>
<tr><th></th><th></th><th>過去</th><th>未來</th></tr>
<tr><td rowspan="8">已經完成的動作、單次的動作</td><td>я</td><td>прочитал (а)</td><td>прочитаю</td></tr>
<tr><td>ты</td><td>прочитал (а)</td><td>прочитаешь</td></tr>
<tr><td>он</td><td>прочитал</td><td rowspan="3">прочитает</td></tr>
<tr><td>она</td><td>прочитала</td></tr>
<tr><td>оно</td><td>прочитало</td></tr>
<tr><td>мы</td><td rowspan="3">прочитали</td><td>прочитаем</td></tr>
<tr><td>вы</td><td>прочитаете</td></tr>
<tr><td>они</td><td>прочитают</td></tr>
</table>

俄語有許多動詞後面都有 -ся (-сь)，-ся 是由 себя (自己) 的縮寫而來。以子音結尾的動詞後面為 -ся，以母音結尾的動詞後面為 -сь。

1 單純的反身動詞

動作發出者所做的行為結果會影響的對象為其本身。此類反身動詞大多由及物動詞構成。

動作發出者 及物動詞 受詞

Мать мóет мáльчика. 媽媽幫男孩洗澡。

(賓格/第四格)

動作發出者 反身動詞

Мáльчик мóется. 男孩 (自己) 洗澡。

● мáльчик 陽性名詞 男孩

2 相互反身動詞

俄語的 -ся (-сь) 含有「一起」的意義在裡面，代表這這個動作為兩個人 (含) 以上一起做的動作，多與 с + 名詞工具格 (第五格) 一起使用。

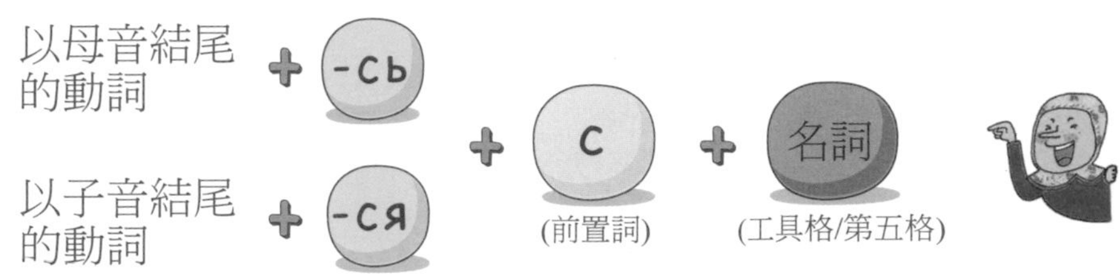

Мы попрощáлись с гостями. 我們跟客人告別了。

(工具格/第五格)

3 具有被動意義的反身動詞

在被動語態中，實際發出動作的人需使用工具格表現，而使用的動詞大多為未完成體動詞。

Дом стрóится рабóчими.

（房子被工人建造）工人正在建造房子。 工具格/第五格

- Дом 陽性名詞 房子，家
- рабóчий 陽性名詞 工人

關於飯店住宿的字詞

1 入住和退房

入住和退房時，需要填寫許多不同的表格，這在俄羅斯是很稀鬆平常的狀況。在入住時填寫的表格，常會有「登記」一字：

регистра́ция　за́пись

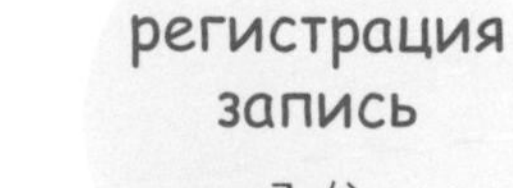

退房時則有「從飯店離開」的字詞：

вы́езд из оте́ля

或是「飯店房間空出」的字詞：

освободи́ть но́мер

以上的字詞都可以多加運用！

2 俄文的姓名

俄羅斯人的姓名基本上是由 名字 + 父稱 + 姓氏 所組成的。「父稱」顧名思義就是引用父親的名字，女生的父稱是在父親名字後加上尾音 -вна 或是 -на，男生的父稱則是加上 -вич 或是 -ич。父稱的使用多用於尊稱和禮貌用語。

以世界聞名的俄羅斯大文豪，托爾斯泰為例，他的全名為 Лев Николаевич Толстой，其中 Николаевич 就是他的父稱。

托爾斯泰

換個方式寫寫看

01

Я	забронировала	номер.
Мой муж	забронировал	
Мы	забронировали	

● забронировать
預定

▶ 我	已經預訂房間了。
▶ 我老公	
▶ 我們	

↳ Дайте, пожалуйста, паспорт.

▶ 請給我護照。

02

Я хотел бы освободить номер.

хотеть + 動詞原形

▶ 我想要退房。（婉轉）

↳ Хорошо, дайте, пожалуйста,	кредитную карту.
	ключ.
	паспорт.

▶ 好的，請給我	信用卡。
	鑰匙
	護照

機場交通使用方法

莫斯科內就有八個機場，其中比較有名的是多莫傑多沃(Домодедово)及謝列梅捷沃(Шереметьево) 國際機場。

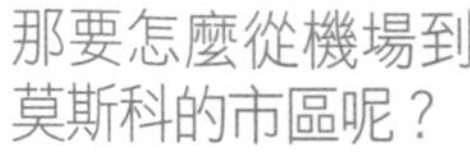

那要怎麼從機場到莫斯科的市區呢？

雖然有計程車、公車等多樣的交通工具，但是搭乘機場快捷 (аэроэкспресс) 是最便利的方法，且從機場到市中心只需約三十五分鐘的車程。

車票可以在售票窗口直接購買，也可以在自動販賣機購買，且車票都是自由座，所以上車後找個舒服的位子坐下就可以了！
啊～原來不是指定座位，看來動作得快了！

АЭРОЭКСПРЕСС
аэроэкспресс
為什麼還不快點來？

6

Где можно купить сувениры?

哪裡可以買紀念品呢？

哪裡可以買紀念品呢？

6 Где можно купить сувениры?

課文 1

Где мо́жно купи́ть сувени́ры?
哪裡可以買紀念品呢？

На Арба́те мо́жете купи́ть.
Что вы хоти́те купи́ть?
您在阿爾巴特街上就可以買到了。
您想要買什麼呢？

Я хочу́ купи́ть матрёшку.
А ско́лько она́ приме́рно сто́ит?
我想要買俄羅斯娃娃。
請問大約多少錢呢？

常用單字

TRACK 52

- Где　副詞　在哪裡
- мо́жно　謂語副詞　可以
- мо́жете　動詞第二人稱複數
  - 原形 мочь　可以
- купи́ть　完成體動詞　買
- сувени́ры　陽性名詞複數形
  - 原形 сувени́р　陽性名詞　紀念品
- хоти́те　動詞第二人稱複數
  - хочу́　動詞第一人稱單數
  - 原形 хоте́ть　未完成體動詞　想要
- матрёшку　賓格(第四格)
  - 原形 матрёшка　陰性名詞　俄羅斯娃娃

Обы́чно она́ сто́ит 1,000 рубле́й.
通常一千盧布就可以買到了。

Хорошо́, спаси́бо.
好的，謝謝。

Не́ за что.
不客氣。

- а　連接詞　但是（放置於句中，帶有轉折的意思）
- ско́лько　副詞　多少
- приме́рно　副詞　大概、大約
- сто́ит　第三人稱單數
  原形 сто́ить　未完成體動詞　值…錢

課文 2

Я собира́юсь отпра́виться в экску́рсию по Москве́.
Куда́ мо́жно пое́хать?
我想要在莫斯科四處觀光，去哪裡好呢？

Снача́ла дава́й пое́дем на Кра́сную пло́щадь.
Там мо́жно посмотре́ть Кремль и ГУМ.
首先讓我們先去紅場吧。到那邊可以看到克裡姆林宮和GUM國營百貨公司。

Да, отли́чная мы́сль!
А пото́м я хочу́ посети́ть музе́й.
好啊，真是個好想法啊！
我之後還想去博物館。

克里姆林宮

紅場

TRACK 54

常用單字

собира́юсь	第一人稱單數	
原形 собира́ться	未完成體動詞	準備
отпра́виться	完成體動詞	去、離開
экску́рсию	賓格(第四格)	
原形 экску́рсия	陰性名詞	觀光
по	前置詞	沿著～
Куда́	方向疑問副詞	往哪
пое́дем	動詞第二人稱複數	
原形 пое́хать	完成體動詞	離開、走
снача́ла	副詞	首先
дава́й	動詞命令式	（一起）做吧！
原形 дава́ть	未完成體動詞	做
там	副詞	那邊、那個地方
посмотре́ть	完成體動詞	看
отли́чная	形容詞陰性變化	優秀的、傑出的

Поня́тно.
Вме́сто ги́да сего́дня я покажу́ тебе́ изве́стные места́ в Москве́.
Дава́й пое́дем че́рез час.
了解，今天我代替導遊帶你去看莫斯科有名的景點，我們一小時後出發吧！

Хорошо́, спаси́бо.
好的，謝謝。

- мысль 陰性名詞 想法
- посети́ть 完成體動詞 拜訪、去
- музе́й 陽性名詞 博物館
- вме́сто 前置詞 代替…
- ги́да 陽性屬格(第二格)
  原形 гид 陽性名詞 導遊、領隊
- сего́дня 時間副詞 今天
- покажу́ 動詞第一人稱單數
  原形 показа́ть 完成體動詞 顯示、展示
- изве́стные 形容詞複數形式
  原形 изве́стный 形容詞 有名的
- места́ 名詞複數
  原形 ме́сто 中性名詞 場所
- че́рез 前置詞 …之後，經過…
- час 陽性名詞 一小時，小時

- 表示準確的時間

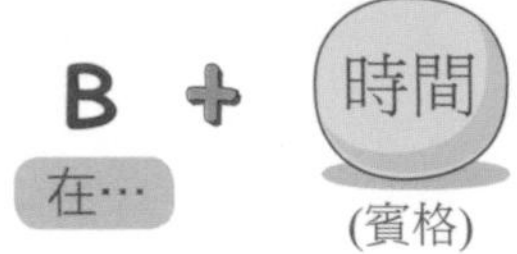

Я обе́даю в час.
我在一點吃午餐。

- обе́дать 吃午餐 (未完成體，第一變位)
- час 一點

Я пойду́ обе́дать че́рез час.
一個小時以後，我要去吃午餐。

過去式請參照 P.121

Я обе́дал час наза́д.
我在一個小時之前已經吃完了午餐。

- 表示某段時間：此種用法只能搭配完成體動詞。

Я пообе́дал за час.
我一個小時內就吃完了午餐。

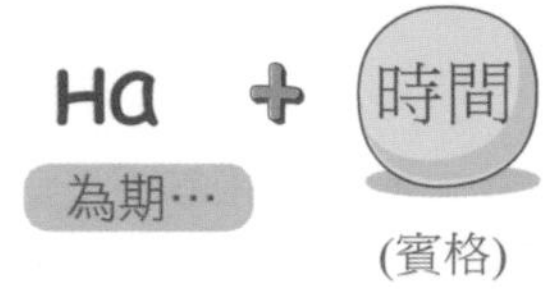

Я прие́хал в Москву́ на неде́лю.
我預計來莫斯科一個禮拜。

- прие́хать 第一動詞變位 (搭…) 來
- неде́ля 陰性名詞 星期

不加前置詞的時間表現

點	陽性	час
分	陰性	мину́та
秒	陰性	секу́нда

- 時間的基本單位

1	час	мину́та	секу́нда
2~4 單數屬格 (第二格)	часа́	мину́ты	секу́нды
5以上 複數屬格 (第二格)	часо́в	мину́т	секу́нд

(陰性屬格)

две мину́ты пе́рвого　十二點零二分
2　分　第一 (序數)

пять мину́т шесто́го　五點零五分
5　分　第六 (序數)

整點到 30 分之間的「點」可以用序數詞表示。

полпе́рвого　十二點三十分
第一 (序數)

полпя́того　四點三十分
第五 (序數)

出現在 30 分的 **полови́на**，在口語上可以用 **пол-** 作替代。

Котóрый час? = Скóлько врéмени?

幾點？

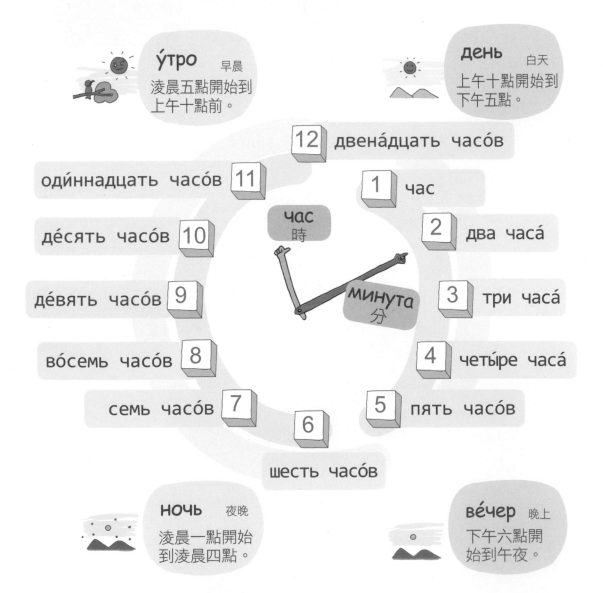

ýтро 早晨
凌晨五點開始到上午十點前。

день 白天
上午十點開始到下午五點。

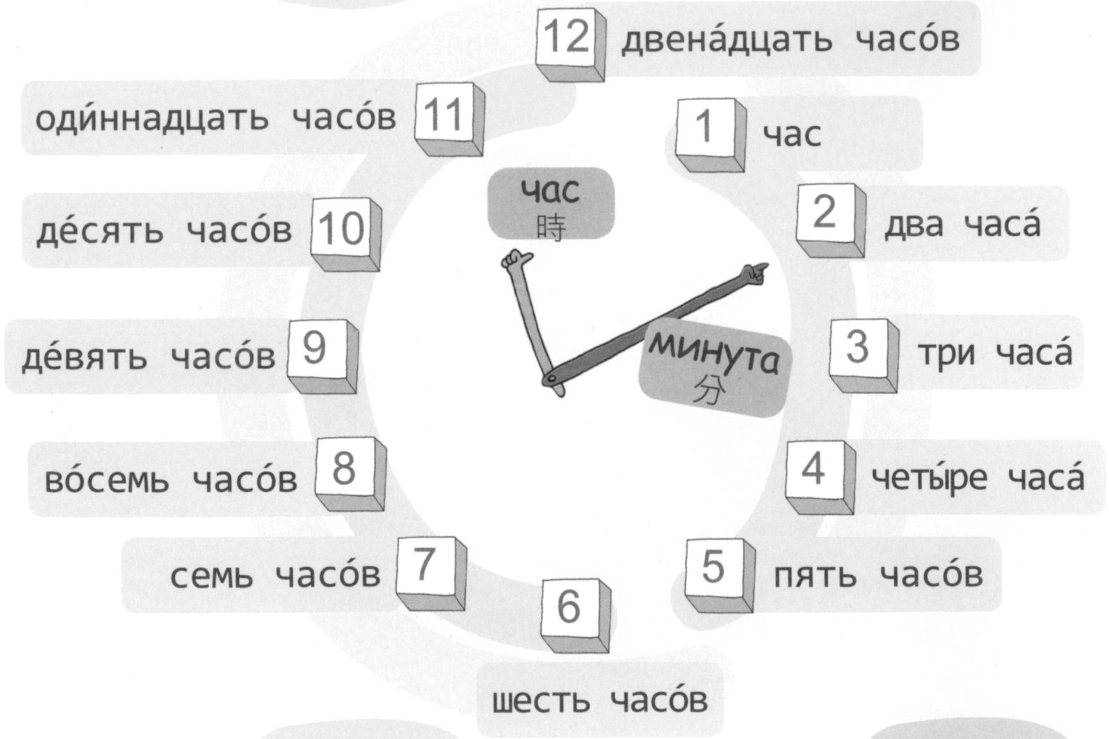

час 時

минута 分

12 двенáдцать часóв
1 час
2 два часá
3 три часá
4 четы́ре часá
5 пять часóв
6 шесть часóв
7 семь часóв
8 вóсемь часóв
9 дéвять часóв
10 дéсять часóв
11 оди́ннадцать часóв

ночь 夜晚
凌晨一點開始到凌晨四點。

вéчер 晚上
下午六點開始到午夜。

用俄語詢問「在幾點…？」，可以說 Во ско́лько？

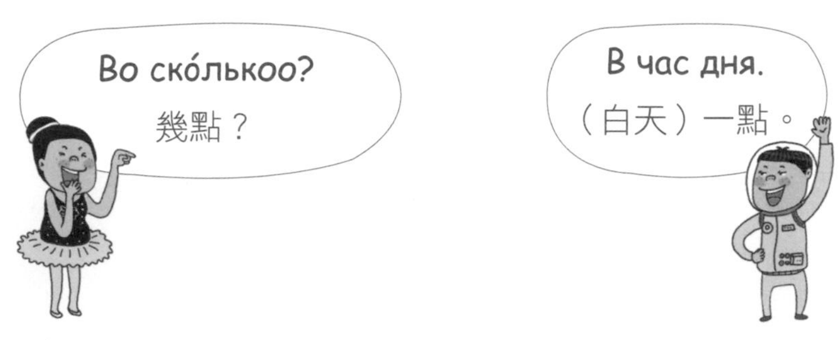

動詞 **давай** 一起…吧！

давай 一起…吧！（命令式裡面的特殊用法）這個動詞的原形是 давать，為「給」的意思。

關於購物的句型與生字

1 買東西

在購物時，最常使用的句型：

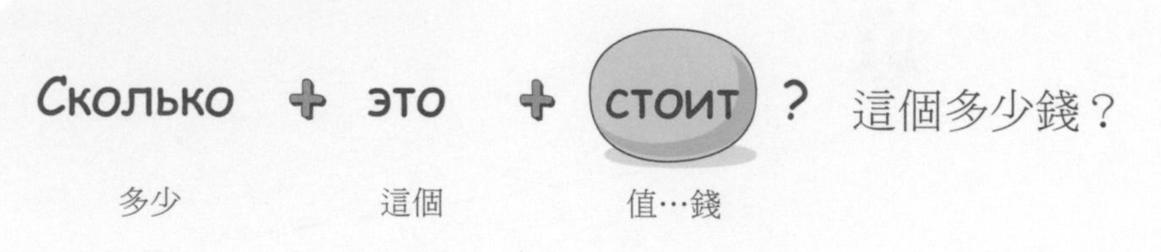

賣家的回答則是在 Это стоит 後加上價格就可以了喔！

Ско́лько э́то сто́ит? 這個多少錢？

↳ Э́то сто́ит 1,000 рубле́й. 這個是一千盧布。

● рубле́й (複數屬格/第二格) 盧布

2 道歉與致謝

俄語的謝謝與道歉

感謝

- Спаси́бо. 謝謝
- Благодарю́. 感謝

- Не́ за что. 不客氣（口語）
- Пожа́луйста. 不客氣（正式）

道歉

- Извини́те. 對不起
- Прости́те. 抱歉
- Ничего́. 沒關係

換個方式寫寫看

01

Сколько	это он она	стоит?

▶ 這個多少錢？

因為俄語的名詞全部都有性別，在指物品時，會使用он、она、оно。例如，在指「書」的時候，使用она。

Это стоит	1,000 рублей. 5,000 вон. 10,000 долларов.

▶ 這個	一千盧布 五千韓圜 一萬美金

02

Давай(те) поедем | на Красную площадь
в музей
в ресторан.

▶ 一起去 | 紅場
博物館
餐廳

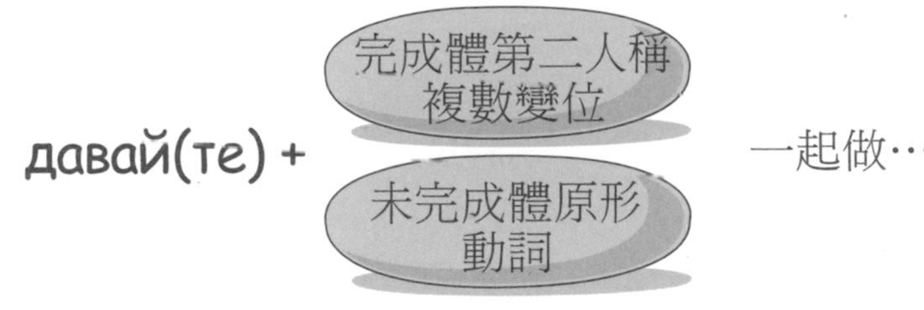

出現在提議的句型當中，使用未完成體原形動詞的語氣較直接，而使用完成體第二人稱複數變位時，語氣較客氣友善。

俄羅斯的紀念品

巧克力

俄國人喜歡來杯熱騰騰的茶配上美味的巧克力，所以可以在俄國找到全世界口味最多樣與最多種的巧克力品牌。

伏特加

俄羅斯與北歐因為天氣寒冷，所以喜愛喝伏特加酒。1918年以後其製酒技術流傳到歐洲與美國，因而在國際間聲名大噪。無色、無味、無香的伏特加，喝完隔天也比較不會宿醉，這不只有俄羅斯人知道，而是全世界都知道的事，也是廣受大家喜愛的原因。

俄羅斯娃娃

傳統的木刻娃娃象徵著多產、多福氣，是相當具有意義的紀念品。木刻娃娃的裡面還放有一層一層的木刻娃娃。

陶瓷工藝品

俄羅斯產的陶瓷是他們特有的藝術，以匠人精神所製成的陶瓷工藝品被視為是他們的驕傲。

茶炊

以前俄羅斯家家戶戶在喝茶時會使用的金屬茶壺，俄羅斯人稱其為「會自己燒水的壺」。在茶壺的中間可以加熱，下面則是連接著開關，水從茶壺上方倒入，等水滾了之後便可以飲用。

7

В ресторане

在餐廳

在餐廳

7 В ресторане

課文1

Сади́тесь здесь, пожа́луйста. Вот меню́.
請坐這邊，菜單在這。

Спаси́бо. А́нна, что мы бу́дем зака́зывать?
謝謝。安娜，我們點什麼好呢？

Для нача́ла хорошо́ бы заказа́ть гре́ческий сала́т и два борща́.
先點希臘式沙拉和兩碗羅宋湯比較好。

TRACK 59

常用單字

- **сади́тесь** 動詞命令式
  原形 **сади́ться** 未完成體動詞 坐
- **меню́** 中性名詞 菜單
- **закажу́** 第一人稱單數 點餐(第一變位法)
  原形 **заказа́ть** 完成體動詞
  (**зака́зывать** 未完成體動詞)
- **гре́ческий** 形容詞 希臘的
- **салат** 名詞 沙拉
- **борща́** 屬格 (第二格)
  原形 **борщ** 陽性名詞 甜菜湯 (羅宋湯)
- **попро́бовать** 完成體動詞 嚐、嘗試
- **шашлы́к** 陽性名詞 烤肉
- **то́же** 副詞 也
- **из** 前置詞 從；用…製成

Хорошо́. Мне та́кже хоте́лось бы попро́бовать шашлы́к.
好的。我也想嚐嚐看烤肉串。

Шашлы́к из како́го мя́са вам бо́льше нра́вится?
Есть шашлы́к из бара́нины, свини́ны и ку́рицы.
您比較喜歡哪一種烤肉串呢？有羊肉串、豬肉串和雞肉串。

Мне нра́вится шашлы́к из свини́ны.
И я бу́ду пить зелёный чай.
我喜歡豬肉串。我還要喝綠茶。

Хорошо́, так я и закажу́. Де́вушка!
好，我就這麼點囉。小姐！

- мя́са 屬格 (第二格)
  原形 мя́со 中性名詞 肉
- бо́льше 副詞 更、更加
- нра́вится 第三人稱單數
  原形 нра́виться 未完成體動詞 喜歡
- бара́нины 屬格 (第二格)
  бара́нина 陰性名詞 (不可數) 羊肉
- свини́ны 屬格 (第二格)
  原形 свини́на 陰性名詞 (不可數) 豬肉
- ку́рицы 屬格 (第二格)
  原形 ку́рица 陰性名詞 (不可數) 雞肉
- пить 未完成體動詞 喝
- зелёный 形容詞 綠色的
- чай 陽性名詞 茶

Сего́дня пироги́ и блины́ бы́ли о́чень вку́сные.
Пироги́ похо́жи на коре́йские пельме́ни.
今天的餡餅和布林餅很好吃。餡餅很像韓國的餃子。

Пра́вда?
Я то́же хочу́ попро́бовать коре́йскую ку́хню.
真的嗎？我也想吃吃看韓式料理。

Приезжа́й в Коре́ю. Попро́буем вме́сте.
快來韓國，我們一起去吃。

- пироги́ 名詞複數
  - 原形 пиро́г 陽性名詞 餡餅
- блины́ 名詞複數
  - 原形 бли́н 陽性名詞 布林餅
- о́чень 副詞 非常
- вку́сные 形容詞 好吃的
- попро́буем 第一人稱複數
  - 原形 попро́бовать 完成體動詞 嘗試
- похо́жи 短尾形容詞複數
  - 原形 похо́ж 短尾形容詞陽性單數 相似的
- коре́йские 形容詞複數 韓國的
- пельме́ни 複數名詞
  - 原形 пельме́нь 陽性名詞 餃子
- пра́вда 副詞 真的
- ку́хню 賓格（第四格）
  - 原形 ку́хня 陰性名詞 料理；廚房

Хорошó. Тепéрь пойдём домóй.
Дéвушка, дáйте, пожáлуйста, счёт. Скóлько с нас?
好啊。現在我們回家吧。小姐，請給我們帳單 (麻煩結帳)。
請問多少錢？

Ты́сяча рублéй.
一千盧布。

Вот здесь. Спаси́бо.
在這邊，謝謝。

приезжáй	動詞命令式單數	(搭交通工具) 來
вмéсте	副詞	一起
дéвушка	陰性名詞	小姐、女孩
тепéрь	副詞	現在
пойдём	第一人稱複數	
原形 пойти́	完成體動詞	走
домóй	副詞	回家
счёт	陽性名詞	帳單
с	前置詞	從…

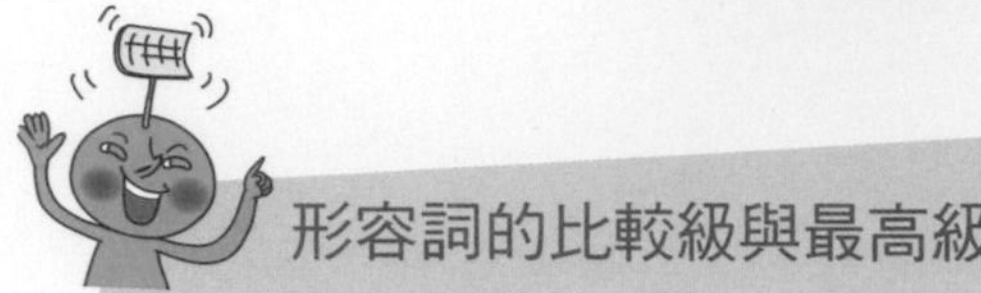

形容詞的比較級與最高級

1 比較級

1) 複合比較級

放在形容詞前面並加上 бóлее (較，更…) 或是 мéнее (較不…)。這類型的比較級我們稱之為「複合式比較級」。бóлее 與 мéнее 本身沒有變化，只有後面加的形容詞會跟著名詞性、數、格的不同而一起變格。基本型態為 бóлее + 形容詞。

бóлее / мéнее + 

較，更…的 / 較不…的

бóлее красúвая дéвушка 更美麗的小姐

(красúв**ая**：單數陰性形容詞；дéвушк**а**：單數陰性名詞)

常用的特殊形容詞比較級。

形容詞		比較級	
хорóший	好的	лýчший	更好的
плохóй	壞的	хýдший	更壞的

2) 單一比較級

單一比較級的情況為 形容詞詞幹 + -ee。沒有性與數的變化，在句中多做謂語使用。

красúвый 美麗的 → красúвее 更美麗的

Этá дéвушка красúвее. 這位小姐更美麗。

· 單一比較級也有 -е、-ше、же、-ще 不規則的形容詞比較級變化。

形容詞	比較級
большóй 大的	бóльше 更大的
мáленький 小的	мéньше 更小的

2 最高級

最高級的基本型態為 **са́мый** ＋形容詞。在此，**са́мый** 及形容詞與所修飾的名詞之性、數、格皆需一致。

最…的

са́мая но́вая кни́га　　最新的書

最　新的　書　（陰性單數名詞）

- **са́мая лу́чшая ру́чка**　　最好的原子筆。
- **са́мая ху́дшая карти́на**　　最差的畫。

除此之外，也又以 **-ейший** 做變化的形容詞。

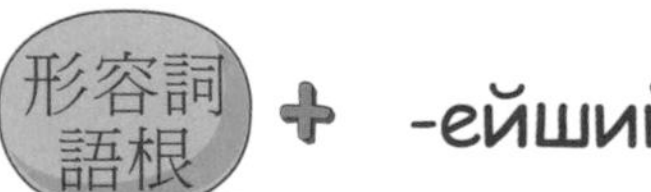

最~的

形容詞

最高級

ва́жный 重要的 → **важне́е** 更重要的 → **важне́йший** 最重要的

- **важне́йшая книга**　　最重要的書

самый也和比較級 **лучший**「更好的」與 **худший**「更不好的」一起使用。

後面接屬格 (第二格) 的前置詞 **из** 和 **с**

1 из

Из 能在多種情況下使用，比如，行為或動作的起始點、出處、身份、物品的材料、原因等。且放置於 Из 後面的名詞，即變成屬格。

請參照 P.197 名詞變格表。

(屬格/第二格)

屬格

行為或運動的起始點

Он уéхал из Москвá → **Москвы.**

他離開了莫斯科。

● **уéхать** 完成體動詞 離開

國籍、身份

Я приéхал из Корéя → **Корéи.**

我從韓國來的。

● **приéхать** 完成體動詞 到達

以…為材料

шашлы́к из свини́на → **свини́ны**

豬肉串

● **свини́на** 陰性名詞 豬肉

原因

из любóвь → **любви́**

因為愛

● **любóвь** 陰性名詞 愛

2 С

С 有不同意思，主要用法有：① 表示行為或時間的起始或出發點，有「從…開始」、「從…」等意思。С 後面所接的名詞，需使用屬格 (第二格)。 請參照 P.196-197 的名詞變格表。

「從…開始」、「從…」

- Ско́лько с мы ➡ нас? (從我們這裡出) 多少錢？
- Анна рабо́тает с у́тро ← утра́ до ве́чера.
  安娜從早上工作到晚上。

也可用於 ② 表現運動發出的方向。當句子想要表現出相反的意思時，則搭配的是前置詞 На。但是當我們使用 В 與名詞做結合時，其的相反詞為 Из。

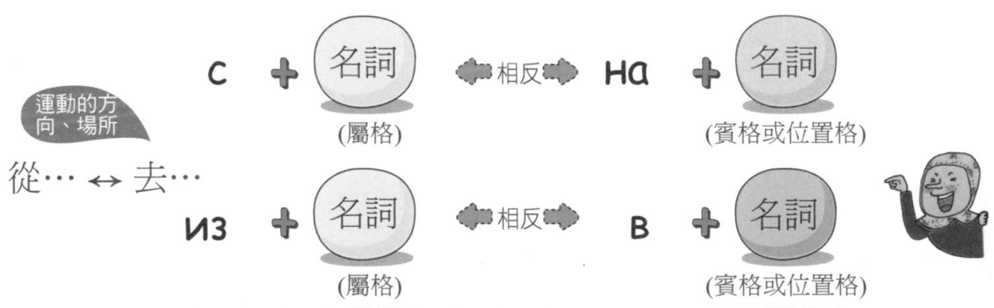

- Она́ уе́хала на рабо́ту. (賓格) 她去上班了。
  - уе́хать 完成體動詞 離開
  - рабо́та 陰性名詞 工作
- Она́ сиде́ла на де́реве. (位置格) 她坐在樹上。
  - сиде́ть 原形 未完成體動詞 坐
  - де́рево 中性名詞 樹
- Она́ прие́хала домо́й с рабо́ты. (屬格) 她下班 (從工作) 回到家了。
  - прие́хать 完成體動詞 到達
- Пото́м она́ сле́зла с де́рева. (屬格) 她從樹上爬下來了。
  - слезть 完成體動詞 下來、爬下

位置格　　　屬格

Мы бы́ли в Ту́ле, и из Ту́лы прие́хали в Москву́.

我們之前在土拉，並從土拉來到莫斯科。

- бы́ли (動詞複數人稱過去式) 原形 быть 是；在 (某處)
- Ту́ле, Ту́лы 原形 Ту́ла 土拉 (俄羅斯城市名)

賓格　　　屬格

Когда мы прие́хали в Москву́, из Москвы́ он уе́хал.

我們到達莫斯科的時候，他從莫斯科離開了。

- прие́хать 完成體動詞 到達
- уе́хать 完成體動詞 離開

未來式的表現 быть+動詞原形

俄語中的未來式有兩種表現方式：

1.複合未來式：以「быть + 未完成體動詞原形」的型態顯示，表示動作在未來仍將持續或重複。

2.簡單未來式：完成體動詞的動詞變化，表示動作在未來將會完結、終止。

關於未來式的相關動詞變位，請參考 P.201-202

在這邊我們先來看複合型未來式：

未完成式的未來時態	複合未來式	
я	бу́ду	чита́ть
ты	бу́дешь	
он(она)	бу́дет	
мы	бу́дем	
вы	бу́дете	
они	бу́дут	

быть + 未完成體動詞原形

將要做~

對於閱讀的這個行為相當重視啊！

Я буду читать книгу.
我將要讀書。

關於在餐廳裡的字詞

1 在餐廳

在商店或是餐廳裡稱呼女服務生為 де́вушка，即為中文「小姐」的意思，稱呼年輕的男服務生時，則使用 молодо́й челове́к，中文意思為「年輕人」，即「先生」之意。除此之外俄語的菜單為 меню́，帳單為 счёт。

用餐

吃東西時的俄語表現用語：

此外，用三餐的表現用語與英語用法相似，也分成早餐、午餐、晚餐。

- за́втракать 吃早餐。
- обе́дать 吃午餐。
- у́жинать 吃晚餐。

換個方式寫寫看

01

Что	мы	будем	заказывать ?
	они	будут	
	Хёнмин	будет	

● быть　複合未來式中使用的助動詞

▶ 我們	要點什麼呢？
▶ 他們	
▶ 憲明	

Мы	хотим	шашлык из свинины.
Они	хотят	блины.
Хёнмин	хочет	зелёный чай.

● хотеть　想要

▶ 我們	想要	豬肉串
▶ 他們		布林餅
▶ 憲明		綠茶

02

Анна хочет попробовать	корейскую японскую итальянскую русскую	кухню.

▶ 安娜想吃吃看	韓式 日式 義式 俄式	料理。

● **попробовать** 吃吃看、試吃

俄羅斯的飲食

羅宋湯

由包心菜、肉、番茄、甜菜等食材所熬煮出來的俄式傳統湯品。俄國人喜歡在湯裡面加入些酸奶油一起食用。

烤肉串

將塗滿醬料的羊肉、豬肉、雞肉、鮭魚等多樣食材與蔬菜串在竹籤上一起燒烤，就是俄國傳統的串燒料理。

布林餅

布林餅是俄羅斯食物中流傳最久、最傳統的大眾美食。與烤餅相似，將麵粉漿煎成薄薄的餅皮，並在上面抹上一層果醬，或放上水果後，再將包覆有果醬或水果的麵粉皮捲起。鹹的餡料則有肉、火腿、起司、蘑菇和魚子醬等。

餡餅

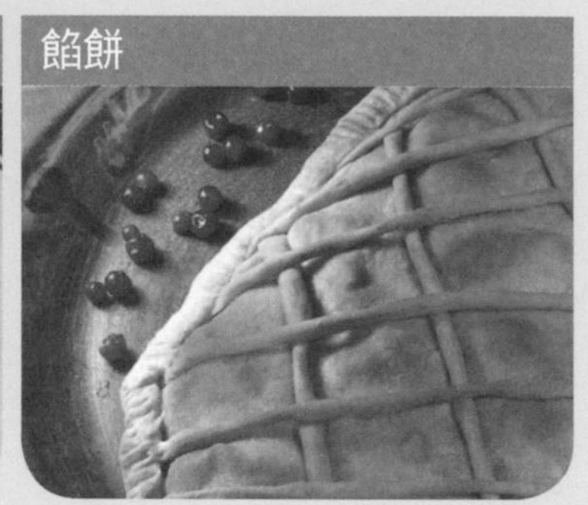

類似比包子還要再大一點的派。內餡多以肉、洋蔥、蘑菇等各種食材製成，將餡料包好之後再拿去烤。餡餅跟布林餅皆是在俄國節慶中，不可缺少的傳統美食之一。

好棒啊~ 在俄羅斯遼闊的領土內，可以嚐到多元的民族料理。

雖然每個地區的料理都有些差異，但是一般來說，大多有開胃菜、湯、主食和飯後甜點。

哇～
那我要吃什麼呢？
吃套餐啊！
GO GO GO！

8

В поликлинике

在診所

在診所

8 В поликлинике

Здра́вствуйте, на что́ жа́луетесь?
您好，哪裡不舒服嗎？

У меня́ си́льно боли́т живо́т.
我的肚子非常痛。

Когда́ он на́чал боле́ть?
(肚子) 是從什麼時候開始痛的呢？

TRACK 65

● жа́луетесь	第二人稱複數	
原形 жа́ловаться	未完成體動詞	抱怨、訴説痛苦
● си́льно	副詞	強烈地；嚴重地
● боли́т	第三人稱單數	
原形 боле́ть	未完成體動詞	痛
● живо́т	陽性名詞	肚子
● когда́	時間疑問副詞	何時
● на́чал	動詞過去式陽性	
原形 нача́ть	完成體動詞	開始
● понеде́льника	(屬格/第二格)	
原形 понеде́льник	陽性名詞	星期一
● день	陽性名詞	天、一天
● поно́с	陽性名詞	腹瀉、拉肚子

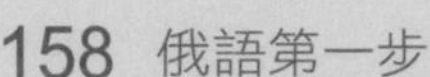

診所

С понеде́льника.
У меня́ был поно́с, а сего́дня меня́ 1 раз вы́рвало.
從星期一開始。有過拉肚子的症狀，今天吐了一次。

Дава́йте я осмотрю́ живо́т. Ложи́тесь сюда́.
讓我來檢查一下肚子，請躺在這邊。

Хорошо́.
好的。

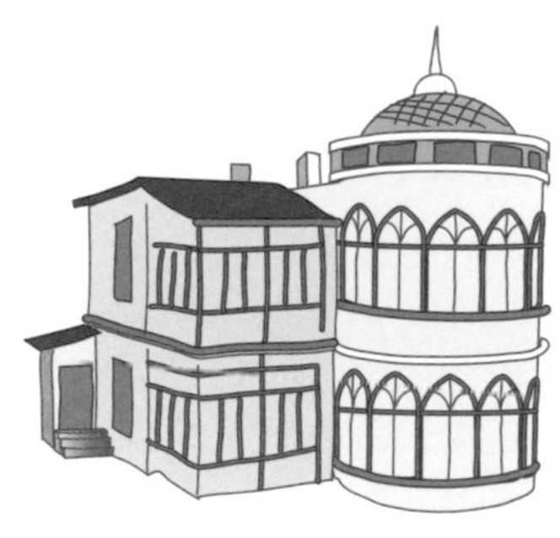

- раз　陽性名詞　一次
- вы́рвало　動詞過去式
  原形 вы́рвать　完成體動詞　嘔吐
- ложи́тесь　動詞命令式
  原形 ложи́ться　未完成體動詞　躺下
- осмотре́ть　完成體動詞　檢查
- сюда́　方向副詞　往這邊

課文2

Ви́ктор, что тебя́ беспоко́ит?
維克多，哪裡不舒服嗎？

У меня́ боли́т голова́.
我頭痛。

У меня́ есть лека́рство.
Принима́й три ра́за в день по́сле еды́.
我這邊有藥。一天吃三次，飯後服用。

常用單字

TRACK 67

- беспоко́ит　第三人稱單數
  原形 беспоко́ить　未完成體動詞　困擾；使不安
- голова́　陰性名詞　頭
- лека́рство　中性名詞　藥
- принима́й　動詞命令式
  原形 принима́ть　未完成體動詞　服藥、接受
- по́сле　前置詞　在…之後
- еды́　屬格 (第二格)
  原形 еда́　陰性名詞　食物
- наве́рно　副詞　也許、大概
- из-за　前置詞　因為 (不好的原因)
- просту́ды　屬格 (第二格)
  原形 просту́да　陰性名詞　感冒
- е́сли　連接詞　要是，如果

診所

Спаси́бо. Наве́рно, из-за просту́ды.
謝謝，大概是因為感冒的關係吧。

Пра́вда? Е́сли си́льно боли́т, обрати́сь к врачу́.
是嗎？如果很痛的話，就去看醫生吧。

● обрати́сь	動詞命令式	
原形 обрати́ться	完成體動詞	找；向…訴說
● к	前置詞	往 (人) 那邊
● то́же	副詞	也
● врачу́	與格 (第三格)	
原形 врач	陰性名詞	醫生

後接屬格的前置詞 из-за

作為「因為…」使用，後面接的原因多為負面的。

請參照P197 的名詞變格表

Наве́рно из-за просту́ды.
大概是因為感冒的關係。

- просту́ды 名詞屬格/第二格
  原形 просту́да 感冒

後接與格的前置詞 к

作為「往…去 / 來；往…靠近」使用，和 в, на 的不同在於，к 是向某人或某個點靠近，而 в, на 則是來 / 去某個地點、場所或活動。

Я иду́ к варчу́.
我要去看醫生(去找醫生)。

- иду́ 第一人稱單數 走
  原形 идти́ 動詞
- варчу́ 與格/第三格 醫生
  原形 врач 名詞

與格的特殊用法：謂語副詞 **можно, надо, нужно, нельзя** 的主語

謂語副詞句的主語以與格來表現。

請參照 P.196 的人稱代名詞及 P.198 形容詞的變格表。

主語		謂語副詞			
人稱代名詞 (與格)	+	мóжно	+	動詞原形	可以、允許
		нáдо			應該
		нýжно			需要
		нельзя́			不行、禁止

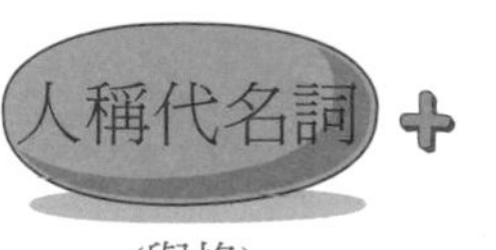

與格，謂語副詞句主詞

Вам нáдо обрати́ться к врачý.

你應該要去看醫生。 動詞原形

與格，謂語副詞句主詞

Больнóму нельзя́ кури́ть.

病人不能抽菸。 動詞原形

- **вам** 與格，第二人稱複數
  原形 **вы** 您
- **обрати́ться** 找；向…訴說
- **больнóму** 形容詞做名詞用；單數陽性與格
  原形 **больнóй** 生病的；病人
- **кури́ть** 抽菸

關於身體及日期的句型與生字

1 身體

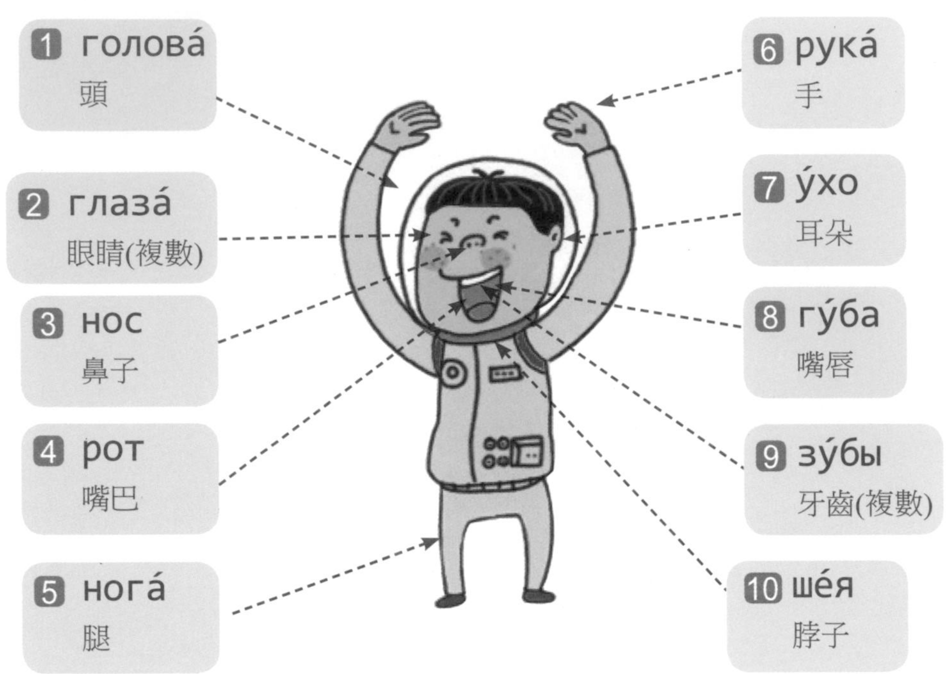

2 日期

表現日期的俄文為 **число** (號)，因為是針對中性名詞回答，所以序數詞也需使用中性型，但一般在回答時常會將 **число** (號) 省略。

序數詞的使用

Како́е число́?　　幾號呢？

↳ Сего́дня второ́е ма́рта.　　今天是三月二號。

中性序數詞 й → е　　屬格

● **март**　三月
● **второ́е**　序數詞中性變化　第二

在回答含月份及日期等時間問題時，月份及日期皆需使用屬格。

Како́го числа́? = Когда́? 在幾號？

中性

└ Тре́тьего февраля́. 什麼時候？

屬格

序數與基數

	序數	基數
1	пе́рвый	оди́н
2	второ́й	два
3	тре́тий	три
4	четвёртый	четы́ре
5	пя́тый	пять
6	шесто́й	шесть
7	седьмо́й	семь
8	восьмо́й	во́семь
9	девя́тый	де́вять
10	деся́тый	де́сять

關於身體及日期的句型與生字

月份 Месяц

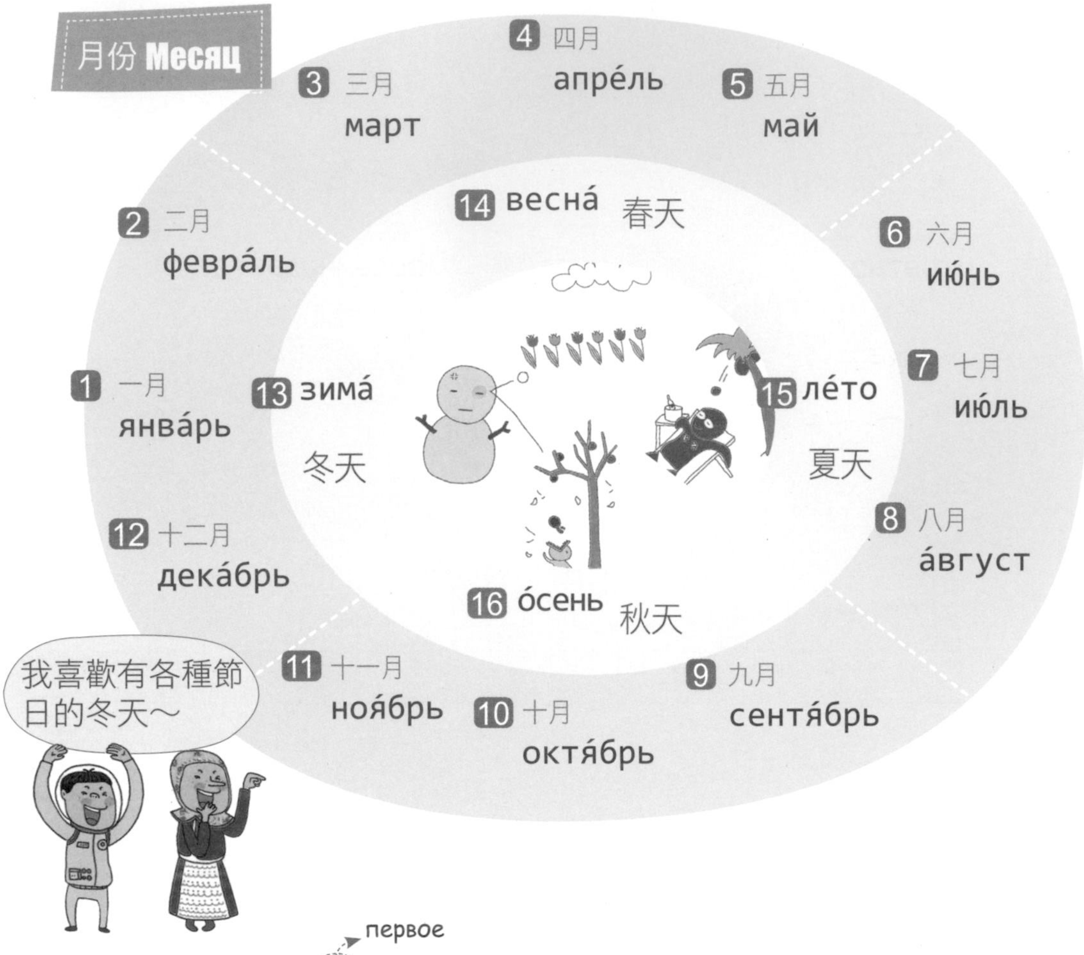

первое

- пе́рвого января́ (=пе́рвого (числа́) января́) 在一月一號的時候
  省略
- деся́того октября́ 在十月十號的時候
- пя́того января́ 在一月五號的時候
- два́дцать пя́того декабря́ 在十二月二十五號的時

俄語的一月一號 **первое января** 是將原本的放在 **первое** 後面的 **число** 省略後所形成的。翻譯時可以將一月一號解釋為一月的第一天，所以就俄語文法來看，一月用屬格是很符合邏輯的。

日期 Число

一號	пе́рвое	十六號	шестна́дцатое
二號	второ́е	十七號	семна́дцатое
三號	тре́тье	十八號	восемна́дцатое
四號	четвёртое	十九號	девятна́дцатое
五號	пя́тое	二十號	двадца́тое
六號	шесто́е	二十一號	два́дцать пе́рвое
七號	седьмо́е	二十二號	два́дцать второ́е
八號	восьмо́е	二十三號	два́дцать тре́тье
九號	девя́тое	二十四號	два́дцать четвёртое
十號	деся́тое	二十五號	два́дцать пя́тое
十一號	оди́ннадцатое	二十六號	два́дцать шесто́е
十二號	двена́дцатое	二十七號	два́дцать седьмо́е
十三號	трина́дцатое	二十八號	два́дцать восьмо́е
十四號	четы́рнадцатое	二十九號	два́дцать девя́тое
十五號	пятна́дцатое	三十號	тридца́тое
		三十一號	три́дцать пе́рвое

換個方式寫寫看

01

На что жалуетесь?

▶ 哪裡不舒服呢？

● **жаловаться** 訴說 (哪裡不舒服)；抱怨

У меня болит	живот.
	голова.
	глаз.

▶ 肚子	
▶ 頭	
▶ 眼睛	痛

訴說哪裡不舒服的情況時使用：
у + 人稱代名詞屬格 + **болит** + 不舒服的部位

02

Анна, принимай лекарство | три раза / один раз / два раза | в день.

▶ 安娜，一天服藥 | 三次 / 一次 / 兩次

● раз 次
● в день 一天之內

俄羅斯的宗教

我是誰？我在哪…
俄羅斯的主要宗教信仰是什麼呢？

雖說在俄羅斯遼闊的土地上存在著多種宗教，但是信仰俄國東正教就佔了總人口數的百分之七十五。

這是什麼感覺？怎麼覺得我好像也應該信一下俄國東正教？
雖然俄羅斯政教分離，且宗教自由受到法律保護，但俄國東正教卻有著如同俄羅斯國教一般的重要地位。

聖母安息主教座堂

被視為在俄羅斯境內東正教中最重要的大教堂。俄羅斯歷代沙皇的加冕儀式都在此處隆重舉行，而俄羅斯正教會大多數的主教亦皆安葬於此。

聖瓦西里教堂

在俄羅斯最著名的建築之一，由九個洋蔥形狀屋頂的教堂所組成，聖瓦西里教堂是俄國最具代表性的建築物。

聖像畫

在俄國的東正教會中，聖像畫具有崇高的地位與特殊意義，幾乎無他物能出其右。以前大部分的信徒並不識字，對於教理一知半解，也無從深入探究，於是教會便透過聖像畫傳達的教義、禮節等，使信徒能夠實踐這些信條。因此，對於這些不識字的信徒來說，聖像畫就如同聖經一般，他們對著聖像畫膜拜，並透過聖像畫感受到宗教的偉大。聖像畫已成為俄羅斯的象徵，幾乎隨處都掛有聖像畫。

9

Я хочу вас пригласить.

我想邀請您。

我想邀請您。

9 Я хочу вас пригласить.

課文 1

За́втра у нас бу́дет пра́здник.
Я хочу́ вас пригласи́ть на у́жин.
明天是我們俄羅斯的節日。我想要邀請您共進晚餐。

Како́й пра́здник? Я не знал.
是什麼節慶呢？我不知道耶。

Э́то традицио́нный пра́здник - Ма́сленица.
Мы отмеча́ем его в тече́ние неде́ли пе́ред Вели́ким посто́м.
是叫做「謝肉節」的傳統節慶。
我們在「四旬期 (大齋期)」前一個禮拜過這個節。

常用單字

TRACK 72

● пра́здник	陽性名詞	節慶
● пригласи́ть	完成體動詞	邀請
● у́жин	陽性名詞	晚餐
● знал	動詞陽性過去式	
原形 знать	未完成體動詞	知道
● традицио́нный	形容詞	傳統的
● отмеча́ем	動詞第二人稱複數	
отмеча́ют	動詞第三人稱複數	
原形 отмеча́ть	未完成體動詞	慶祝
● в тече́ние ~	前置詞	在…期間
● неде́ли	屬格 (第二格)	
原形 неде́ля	陰性名詞	周、一周
● пе́ред	前置詞	…之前

邀請

Мне интере́сно как в Росси́и отмеча́ют пра́здники.
Спаси́бо за приглаше́ние.
我對於俄國如何慶祝自己的節慶相當感興趣。
謝謝您的邀請。

Не́ за что.
Приходи́те к нам к шести́ часа́м ве́чера.
До свида́ния.
別客氣，晚上六點前來我們家就可以了，到時候見了。

- **Вели́ким посто́м** 工具格 (第五格)
  原形 **Вели́кий по́ст** 四旬期 (大齋期)
- **интере́сно** 中性短尾形容詞
  原形 **интере́сный** 陽性形容詞 有趣的
- **за** 前置詞 對於、關於
- **приглаше́ние** 名詞 招待、邀請
- **не́ за что** 慣用語 不客氣
- **приходи́те** 動詞命令式 請來
- **свида́ния** 屬格 (第二格)
  原形 **свида́ние** 中性名詞 會面、約會

Обяза́тельно приезжа́й к нам в го́сти в Коре́ю!
一定要來韓國找我們做客喔！

Хорошо́. Я пое́ду во вре́мя о́тпуска.
好的，我休假的時候去玩。

Когда́ бу́дет о́тпуск?
什麼時候休假？

TRACK 74

- обяза́тельно 副詞 一定
- приезжа́й 動詞命令式 到達、來
- го́сти 名詞複數
  原形 гость 陽性名詞 客人
- пое́ду 第一人稱單數
  原形 пое́хать 完成體動詞 （搭交通工具）去
- о́тпуска 屬格 (第二格)
  原形 о́тпуск 陽性名詞 休假

邀請

Собира́юсь отдохну́ть в ию́ле и́ли а́вгусте.
我打算七月或八月休息一下。

Е́сли ты хо́чешь прие́хать ле́том,
ну́жно зара́нее брони́ровать авиабиле́т.
如果你想夏天來的話，需要早點預訂機票。

Хорошо́, спаси́бо.
好的，謝謝。

- собира́юсь　第一人稱單數
  原形 собира́ться　未完成體動詞　準備
- отдохну́ть　完成體動詞　休息
- е́сли　連接詞　萬一、如果
- зара́нее　副詞　早一點
- авиабиле́т　陽性名詞　飛機票

動詞的命令式

命令式除了有指使他人做某事的意思外，其實還包含了命令、請求、邀請、忠告等意思。

命令式的構成有三種狀況，皆是以動詞變位後，第三人稱複數形式的詞根為基礎，加上：1 -й：以母音做結尾的詞根，加上й 。2 -и：以子音作為結尾的詞根，而其第一人稱變位重音在詞尾上時，則加上-и。3 -ь：以子音做結尾的詞根，且其第一人稱變位重音在詞根上時，則加上 -ь。而命令式的複數型態則再加上 -те 即可。

範例	1 читать 讀	2 смотреть 看	3 верить 相信
人稱變位	читаю читают 正在讀	смотрю смотрят 正在看	верю верят 相信
單數	читай 讀吧	смотри 看吧	верь 相信吧
複數	читайте 請讀	смотрите 請看	верьте 請相信

先把動詞變位搞清楚了，命令式就能輕鬆上手囉！

規勸及提議

動詞 Давать 的命令形為 давай 和 давайте，同中文的「一起…吧！」

- Дава́й(те) дружи́ть! 讓我們好好相處吧！
- Дава́й(те) пойдём в кино́! 我們一起去看電影吧！
  原形為 пойти

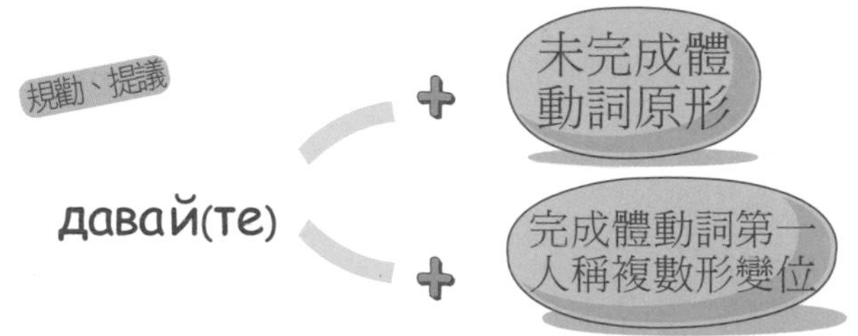

電影院的俄文是 кинотеатр，電影是 кино，「一起去看電影」的俄文則是 в кино、в кинотеатр，兩者都可以使用喔。

帶前綴的運動動詞

多樣的前綴與運動動詞結合後，可表示帶有方向性的動作，且有多種意義。

- Он вошёл в ко́мнату. 賓格 → в- (進入) 他往房間走去。
- Он вышел из ко́мнаты. 屬格 вы- → (出去) 他從房間出來。
- Мы пришли́ в о́фис. 賓格 → при- (接近) 我們到了辦公室。
- Мы ушли́ из о́фиса. 屬格 у- → (離開) 我們從辦公室離開。

● шёл, шли 原形 идти́

關於邀請的句型與生字

邀請

「邀請 (某人) 參加…活動」俄文的表示方法如下。

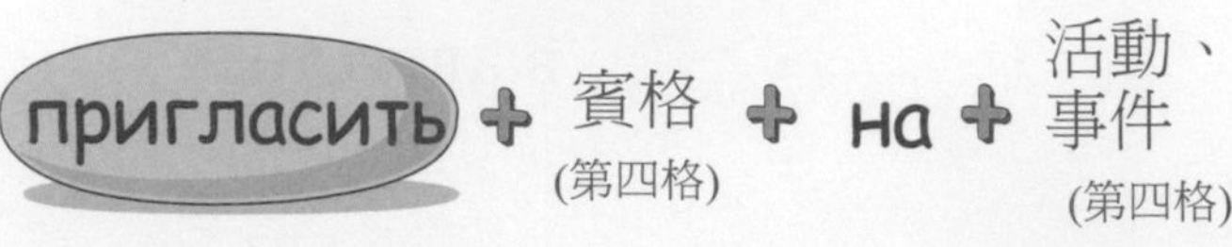

邀請參加
(活動、事件)

Я приглаша́ю вас на день рожде́ния.
我邀請您參加 (我的) 生日。

俄文的「邀請函」為 приглаше́ние。在俄羅斯，受到邀請後赴約的伴手禮大多為巧克力或是花束。

- приглаше́ние 邀請函
- день рожде́ния 生日、生日派對

前置詞

前置詞 пе́ред 後面的接格為工具格 (第五格)，常常使用表示某場所、地點、時間等的名詞。而 пе́ред 在中文中，有「在…前面」、「在…之前」的意思。

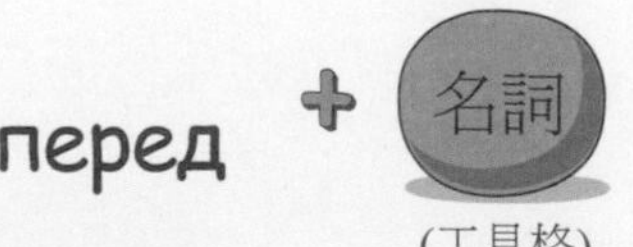

在…前面；在…之前

過去式

Мы гуля́ли пе́ред обе́дом.
我們在吃午餐之前散過步了。

- гуля́ть 未完成體動詞 散步
- обе́д 陽性名詞 午餐

Мы отмеча́ем пра́зник пе́ред Вели́ким посто́м.
我們在四旬期 (大齋期) 前夕慶祝這個節慶。

- отмеча́ть 未完成體動詞 慶祝
- Вели́кий по́ст 四旬期 (大齋期)

換個方式寫寫看

01

Я хочу вас пригласить | на ужин. / в Корею. / в августе.

● хотеть + 屬格 + 原形動詞 想~

▶ 我想要邀請你 | 來晚餐 / 來韓國 / 在八月 (八月的時候想要邀請你)

↳ Спасибо.

▶ 謝謝

02

Мне интересно как | в России / в Корее / в Японии | отмечают праздник.

● интересно
原形 интересный 好奇的、有趣的
● отмечают 第三人稱複數
原形 отмечать 未完成體動詞 慶祝

▶ 我很好奇 | 在俄國 / 在韓國 / 在日本 | 是如何慶祝傳統節慶的呢？

↳ Обязательно приезжай(те) к нам в гости.

● обязательно 一定、絕對
● приезжай(те) 命令式 到達、來 原形 未完成體動詞 приезжать
● гости 位置格 (第六格) 客人 原形 陽性名詞 гость

▶ 請一定要來找我們作客。

俄羅斯的節慶

謝肉節

俄羅斯在每年東正教四旬節 (大齋期) 前的一週，所舉辦的慶典稱作「謝肉節」。且不僅在俄羅斯有「謝肉節」這個慶典，舉凡斯拉夫國家皆有這個慶典，如烏克蘭、白俄羅斯等，他們將它當作是送走漫長冬季，迎接春天到來的迎春慶典。謝肉節結束後緊連著「四旬齋 (大齋期)」，因此人們在謝肉節時會盡情享受佳餚美酒。「謝肉節」的時間因為是以東正教的復活節為基準，所以每年的「謝肉節」開始的時間會有些許不同，但大多都在每年的二月底三月初左右的星期一開始。

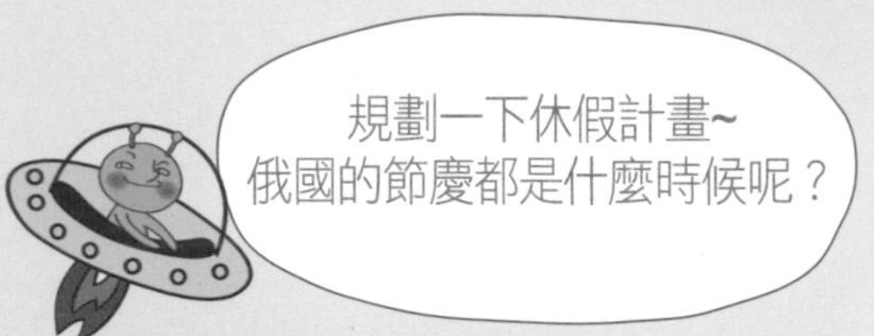

規劃一下休假計畫~
俄國的節慶都是什麼時候呢？

1月1號　新年 (元旦)
1月7號　東正教耶誕節
2月23號　祖國保衛者日 (男人節)
3月8日　國際婦女節
5月9日　勝利日 (大祖國保衛戰；二戰戰勝紀念日)
6月12日　俄羅斯日
11月4日　民族統一紀念日
12月12日　行憲紀念日

10 Электронная почта

電子信箱

電子信箱

10 Электронная почта

課文1

Алло́! Здра́вствуйте, э́то ми́стер Ким?
喂！您好，請問是金先生嗎？

Да, э́то я. А́нна, как ва́ши дела́?
是，我就是。安娜，您過得還好嗎？

Хорошо́.
Я хочу́ отпра́вить фотогра́фии, кото́рые у меня́ есть.
過得很好啊。我想要把我有的照片寄給您。

- **алло́** 感嘆詞 喂 (打電話時)
- **ми́стер** 陽性名詞 先生
- **отпра́вить** 完成體動詞 寄
- **фотогра́фии** 名詞複數
  原形 **фотогра́фия** 陰性名詞 照片
- **кото́рые** 關係代名詞 這、那

講電話、電子信箱

Спаси́бо. Смо́жете отпра́вить по име́йлу?
謝謝。您能用電子郵件寄給我嗎？

Хорошо́. Сообщи́те, пожа́луйста, ваш а́дрес электро́нной по́чты.
好的，請告訴我您的電子信箱地址。

Мой а́дрес электро́нной по́чты - hyunmin@mail.kr.
我的電子信箱地址是 hyunmin@mail.kr。

- **по** 前置詞
  沿著、依照 (在此為「以…聯絡、通信」)
- **сообщи́те** 動詞命令式
  原形 **сообщи́ть** 完成體動詞 傳達、告知
- **а́дрес** 陽性名詞 地址
- **име́йлу** 與格 (第三格)
  原形 **име́йл** 陽性名詞 電子信箱 (外來詞)
- **электро́нной по́чты** 屬格 (第二格)
  原形 **электро́нная по́чта** 陽性名詞 電子信箱

課文2

Ви́ктор, мой име́йл а́дрес - yuna@mail.kr.
維克多，我的電子信箱地址是 yuna@mail.kr

Хорошо́.
А мой а́дрес электро́нной по́чты - victor@mail.ru.
Напиши́ мне име́йл.
好的，我的電子信箱地址是 victor@mail.ru，要寫信給我喔。

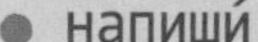

● напиши́ 動詞命令式單數
原形 написа́ть 完成體動詞 寫

講電話、電子信箱

Хорошó. Скажи́ мне когдá приéдешь.
А тáкже передáй привéт родителя́м.
知道了，你以後要來的話也先跟我說。也代我向你父母問聲好。

Хорошó. Я напишу́ имéйл. До свидáния.
知道了！我會寫 e-mail 給你。再見。

До встрéчи.
再見。

● скажи́	單數動詞命令式	
原形 сказáть	完成體動詞	說
● привéт	問候語	嗨；問候
● тáкже	連接詞	也
● передáй	動詞命令式單數	
原形 передáть	完成體動詞	傳達
● родителя́м	與格 (第三格)	
原形 роди́тели	複數名詞	父母

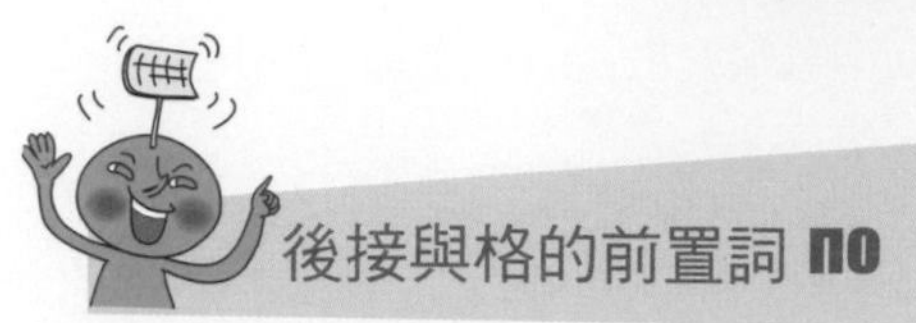

表示「以…(的方式) 聯絡」。

по + 名詞(與格) 以…(方式)

- по имéйлу
- по электрóнной пóчте

用寄電子郵件的方式

- по пóчте

用郵寄的方式

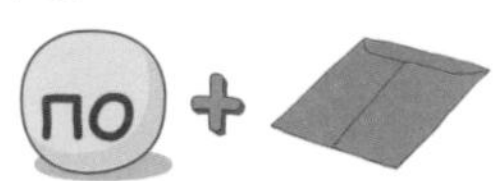

- по рáдио

用收音機(無線電) 的方式

- по телефóну

用打電話的方式

Он отпрáвил информáцию по имéйлу.
他將訊息用電子郵件的方式寄出。

- отпрáвил 過去式陽性單數
  原形 отпрáвить 完成體動詞 寄

Онá сообщи́ла об э́том по пóчте.
她以郵寄信件通知關於這件事的消息。

- сообщи́ла 過去式陰性單數
  原形 сообщи́ть 完成體動詞 通知、告知

Мы слу́шаем му́зыку по рáдио.
我們用收音機聽音樂。

- слу́шаем 第二人稱複數
  原形 слу́шать 未完成體動詞 聽

Они́ разговáривают по телефóну.
他們用電話聊天。

- разговáривают 第三人稱複數
  原形 разговáривать 未完成體動詞 對話、聊天

關係代名詞

關係代名詞是連結主句和從屬句時使用。當名詞作為主句的先行詞時，其關係代名詞為 **который**。關係代名詞的性與數需和先行詞相同，格則取決於從屬句的謂語。

Я хочу́ отпра́вить фотогра́фии, кото́рые у меня́ есть.
先行詞

我想要將我有的照片寄給妳。

Я позвони́л дру́гу, кото́рый прие́хал из Коре́и.
先行詞

我打電話給從韓國來的朋友。

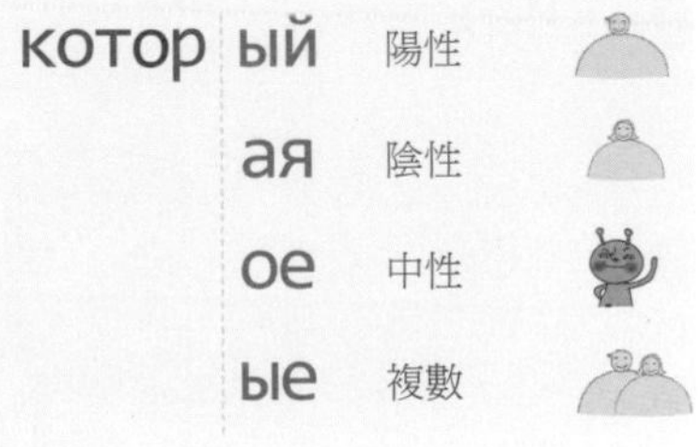

котор	ый	陽性
	ая	陰性
	ое	中性
	ые	複數

- прие́хал 來，抵達
  原形 прие́хать 完成體動詞
- позвони́л 打電話
  原形 позвони́ть 完成體動詞

含有對立（轉折）意義的 а

連接詞 a 雖然沒有反對之意，但是具有「對立」（轉折）的概念。

Он чита́ет, а она поёт. 他在看書，而她在唱歌。

Э́то стол, а э́то стул. 這個是書桌，而這個是椅子。

關於家族及網路、電話的句型與生字

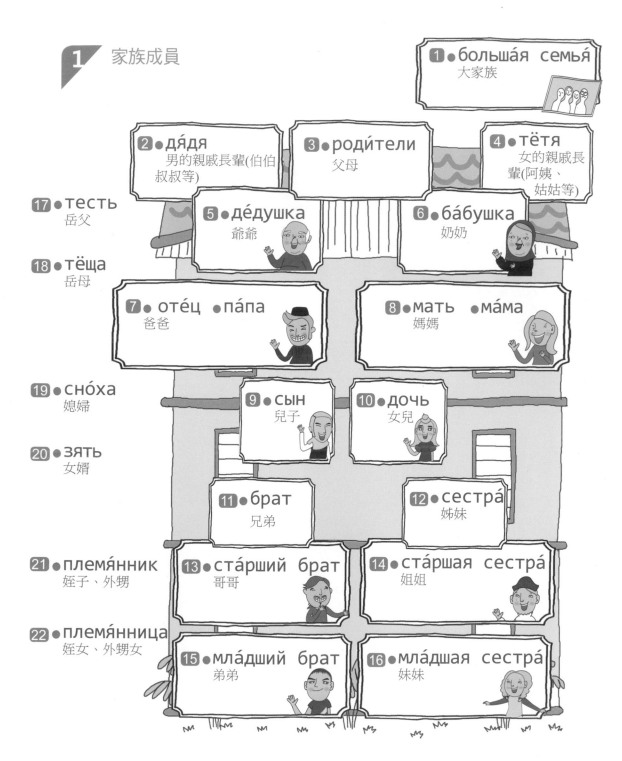

1 家族成員

1 ● большáя семьЯ́
大家族

2 ● дЯ́дя
男的親戚長輩(伯伯叔叔等)

3 ● роди́тели
父母

4 ● тётя
女的親戚長輩(阿姨、姑姑等)

5 ● дéдушка
爺爺

6 ● бáбушка
奶奶

7 ● отéц ● пáпа
爸爸

8 ● мать ● мáма
媽媽

9 ● сын
兒子

10 ● дочь
女兒

11 ● брат
兄弟

12 ● сестрá
姊妹

13 ● стáрший брат
哥哥

14 ● стáршая сестрá
姐姐

15 ● млáдший брат
弟弟

16 ● млáдшая сестрá
妹妹

17 ● тесть
岳父

18 ● тёща
岳母

19 ● снóха
媳婦

20 ● зять
女婿

21 ● племЯ́нник
姪子、外甥

22 ● племЯ́нница
姪女、外甥女

2 俄國的網路

在俄國網路收費會根據網路速度的快慢而有不同。也會因為不同的網路公司，而有價錢上的差異。

- 網路
  интерне́т

- 電子信箱
  име́йл
  электро́нная по́чта

- 社群網站
  социа́льная сеть

- 文字訊息
  сообще́ние

3 俄國的社群網路

- VK
  Вконта́кте

- Odnoklassniki
  Однокла́ссники

- Facebook
  Фейсбу́к

- LiveJourna
  Живо́й Журна́л

- Twitter
  Тви́ттер

- fotostrana
  Фотострана́

- 手機
  со́товый телефо́н
  моби́льный телефо́н (моби́льник)

4 電話用語

1 打電話的時候

Алло́, здра́вствуйте! 喂，您好。

Э́то говори́т А́нна. 我是安娜。

● говори́т 未完成體動詞 原形 говори́ть 說話

Мо́жно попроси́ть А́нну? 可以幫我將電話轉給安娜嗎？

● мо́жно 能、可以

Извини́те, А́нна у себя́? 不好意思，請問安娜在嗎？

2 接電話的時候

Алло́, я вас слу́шаю. 喂，請說（我正在聽）。

● слушать 未完成體動詞 原形 слушать 聽

3 請對方稍等一下

Подожди́те, пожа́луйста. 請稍等一下。

● подожди́те 複數動詞命令式 原形 подожда́ть 完成體動詞 等

Одну́ мину́ту. 等一下。

● одну́ 賓格 (第四格) 原形 оди́н 一

А́нны нет на ме́сте. 安娜不在位子上。

● ме́сте 位置格 (第六格) 原形 ме́сто 場所，位置

4 聽不清楚的時候

Пло́хо слы́шу. 我聽不太清楚。

● пло́хо 副詞 原形 плохо́й 不好的、壞的

● слы́шу 原形 слы́шать 聽見

Извини́те, скажи́те мне, пожа́луйста, ещё раз.

不好意思，請再跟我說一次。

● скажи́те 複數動詞命令式 原形 сказа́ть 說

● ещё раз 再一次

Говори́те, пожа́луйста, ме́дленно.

請說慢一點。

● Говори́те 原形 未完成體動詞 говори́ть 說

● ме́дленно 副詞 慢慢地

換個方式寫寫看

01

Скажите, пожалуйста, ваш | адрес электронной почты. / имейл адрес. / телефонный номер.

▶ 請告訴我您的 | 電子信箱地址。/ 電子信箱地址 / 電話號碼

● скажи 動詞命令式
原形 сказать 完成體動詞 說

電子信箱在俄語裡面有兩種表現方式，一種是俄文的電子信箱，一種則是英文的e-mail。

Мой | адрес электронной почты________. / имейл адрес ________. / телефонный номер _________.

▶ 我的電子信箱地址 / ▶ 我的電子信箱地址 / ▶ 我的電話號碼 | 是_____。

02

Алло, здравствуйте! Это говорит | Хёнмин. / Анна. / Виктор.

▶ 喂，您好！ 我是 | 憲明 / 安娜 / 維克多

03

Можно попросить Антона?

Юна у себя?

Наташа на месте?

▶ 請將電話轉給安東。(可以請安東聽電話嗎？)
▶ 潤兒在嗎？
▶ 娜塔莎在嗎？(打電話到辦公室時)

俄羅斯的主要都市

我們該去哪裡呢？來到俄羅斯，一定得去的地方是哪裡呢？
俄國的首都莫斯科、知名的旅遊勝地聖彼得堡與俄羅斯最東邊的大城海參威，皆是最為熟知的俄國的觀光勝地。

莫斯科

是俄羅斯的首都。18世紀遷都聖彼得堡之後，莫斯科就成為俄羅斯手工業及商業的中心，且持續發展至今，莫斯科跟聖彼得堡被列為俄羅斯的兩大中心。俄國革命之後又再次將首都從聖彼得堡遷回莫斯科。在蘇聯時期，莫斯科快速地成為俄羅斯最大的經濟、政治、文化和交通的中心。1991年蘇聯解體之後，至今依然為俄羅斯聯邦的首都。

聖彼得堡

聖彼得堡有著博物館之城的美譽，是俄國的第二大都市。聖彼得堡是彼得大帝因應西化政策下令所建立的城市，因此其都市規劃非常有名。約有500多座橋連接都市及島區，且有「北方首都」之稱。聖彼得堡在夏天時會出現白夜現象。冬天時，涅瓦河的河水和海岸的海水都結冰，風景真是美不勝收。

海參崴

海參崴是俄國遠東沿海地區的港口城市，也是此區最大的經濟、文化中心，同時還被稱為「俄國最大的港口都市」。在海參崴有許多知名的國立大學，其中「遠東聯邦大學」最為有名。

附錄

人稱代名詞變格表

	單數			複數		
	第一人稱	第二人稱	第三人稱	第一人稱	第二人稱	第三人稱
主格	я	ты	он она оно	мы	вы	они
屬格	меня	тебя	его (陽/中性) её	нас	вас	их
與格	мне	тебе	ему (陽/中性) ей	нам	вам	им
賓格	меня	тебя	его (陽/中性) её	нас	вас	их
工具格	мной	тобой	им (陽/中性) ей	нами	вами	ими
位置格	(обо)мне	(о) тебе	(о) нём (陽/中性) (о) ней	(о) нас	(о) вас	(о) них

前置詞 о / об / обо為「關於」的意思。一般而言以使用о為主，但若字詞以兩個子音開始，則需使用обо；字詞以母音開始，則使用об。

名詞變格表

	單數			複數		
	陽性	中性	陰性	陽性	中性	陰性
主格(第一格)	-子音，-ь/-й	-о/-е/-ие/-мя	-а/-я/-ь/-ия	-ы，-и	-а/-я/-ия	-ы，-и/-ии
屬格(第二格)	-а/-я	-а/-я/-ия/-мени	-ы/-и/-ии	-ов/-ев/-ей	去掉字尾母音/ь/ий	
與格(第三格)	-у/-ю	-у/-ю/-ию/-мени	-е/-и/-ии	-ам/ям		
賓格(第四格)	主格(非動物名詞) -а/-я(動物名詞)	-о/-е/-ие/-мя	-у/-ю/-ь/-ию	同複數主格(非動物名詞) 同複數屬格(動物名詞)		
工具格(第五格)	-ом/-ем	-ом/-ем/-ием/-менем	-ой/-ей/-ью/-ией	-ами/-ями		
位置格(第六格)	-е	-е/-ии/-мени	-е/-и/-ии	-ах/-ях		

舉例來說：

	單數			複數		
	陽性 學生	中性 窗戶	陰性 女孩	陽性 學生	中性 窗戶	陰性 女孩
主格(第一格)	студент	окно	девушка	студенты	окна	девушки
屬格(第二格)	студента	окна	девушки	студентов	окон	девушек
與格(第三格)	студенту	окну	девушке	студентам	окнам	девушкам
賓格(第四格)	студента	окно	девушку	студентов	окна	девушек
工具格(第五格)	студентом	окном	девушкой	студентами	окнами	девушками
位置格(第六格)	о студенте	об окне	о девушке	о студентах	об окнах	о девушках

形容詞變格表

	單數			複數
	陽性	陰性	中性	
主格	-ый/-ой/-ий	-ая/-яя	-ое/-ее	-ые/-ие
屬格	-ого/-его	-ой/-ей	-ого/-его	-ых/-их
與格	-ому/-ем	-ой/-ей	-ому/-ему	-ым/им
賓格	同主格 (非動物名詞) -ого/-его (動物名詞)	-ую/-юю	同主格	同主格 (非動物名詞) -ых/-их (動物名詞)
工具格	-ым/-им	-ой/-ей	-ым/-им	-ыми/-ими
位置格	-ом/-ем	-ой/-ей	-ом/-ем	-ых/-их

舉例來說：

	單數			複數
	陽性	陰性	中性	
主格	новый	новая	новое	новые
屬格	нового	новой	нового	новых
與格	новому	новой	новому	новым
賓格	новый (非動物名詞) нового (動物名詞)	новую	новое	новые (非動物名詞) новых (動物名詞)
工具格	новым	новой	новым	новыми
位置格	новом	новой	новом	новых

● **новый** 新的

動詞變位表

(1) 現在式

動詞有分現在、過去、未來三個時態。俄語的現在式和未來式會根據人稱和數不同有所變化，過去式則是跟隨著不同的性與數而有所不同。另外需注意的是，完成體動詞依人稱變位後只具有未來式的意義，而無現在式的表現。

1 現在式的語尾變化

	單數	動詞一式	動詞二式
第一人稱	я	-у / -ю	-у / -ю
第二人稱	ты	-ешь	-ишь
第三人稱	он (она)	-ет	-ит
	複數	**動詞一式**	**動詞二式**
第一人稱	мы	-ем	-им
第二人稱	вы	-ете	-ите
第三人稱	они	-ут/ -ют	-ат/ -ят

舉例來說：

動詞原形	第一變位 читать 讀	第一變位 писать 寫	第二變位 смотрить 看	第二變位 учить 教，學
я	читаю	пишу	смотрю	учу
ты	читаешь	пишешь	смотришь	учишь
он (она, оно)	читает	пишет	смотрит	учит
мы	читаем	пишем	смотрим	учим
вы	читаете	пишете	смотрите	учите
они	читают	пишут	смотрят	учат

писать在變位時，詞幹的 с 會變音，所以會出現 ш。

(2) 過去式

過去式主要隨著人稱不同的性與數而有所不同。不同於會跟著人稱和數而產生許多變位的現在式，過去式的變位相對純粹許多。完成體及未完成體動詞皆能表現過去式，但意義略有不同：完成體動詞的過去式表示動作已經完結、做完了，或是一次、不重複的動作；未完成體動詞的過去式則表示一般事實、重複性動作，或習慣等。

單數動詞過去式在詞根後面，加上**л** (陽性)、**ла** (陰性)、**ло** (中性)。

複數動詞過去式在詞根後面，加上**ли**

1 過去式的語尾變化

	單數		複數	
陽性	он	-л	они	-ли
陰性	она	-ла		
中性	оно	-ло		

	單數		複數	
陽性	он	читал	они	читали
陰性	она	читала		
中性	оно	читало		

(3) 未來式

在未來式的文法中有兩個型態，1 複合未來式，又稱未完成體未來式，以「быть + 未完成體動詞原形」表示。這種未來式表示動作在未來會持續或重複地發生，或者執行動作的意願較無完成體動詞未來式的強烈。

舉例來說：閱讀

я	буду	читать
ты	будешь	
он она оно	будет	
мы	будем	
вы	будете	
они	будут	

Я буду читать книгу.
我等一下將要看書。

請把焦點放在「看書」的行為上面。

2 簡單未來式，又稱完成體未來式，表示一次性的行為，或在未來一定會完成行為的強烈意願。完成體未來式是由完成體動詞的直接動詞變位所形成的。

或其他前綴

舉例來說：

	完成體的未來式（簡單未來式）
я	прочитаю
ты	прочитаешь
он она оно	прочитает
мы	прочитаем
вы	прочитаете
они	прочитают

Я прочитаю книгу.
我將要把書 (全部) 看完。

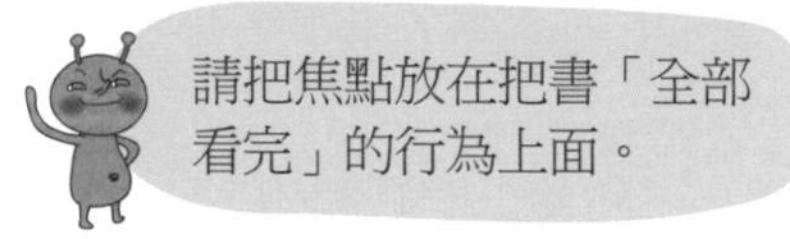

能願動詞與謂語副詞

能願動詞多用來表達做某件事的能力或意願，後面多接原形動詞。另外還有一些謂語副詞也有這個功能，但句中的主語須以與格 (第三格) 表示。

	хотеть 想、想要	мочь 能、可以	уметь 會
		單數	
я	хочу́	могу́	уме́ю
ты	хо́чешь	мо́жешь	уме́ешь
он/она	хо́чет	мо́жет	уме́ет
		複數	
мы	хоти́м	мо́жем	уме́ем
вы	хоти́те	мо́жете	уме́ете
они	хотя́т	мо́гут	уме́ют

	謂語副詞	
мне тебе ему/ей нам вам им	можно 可以 надо 應該 нужно 需要 нельзя 不行	原形動詞

- Я хочу поехать в Россию.
  我想去俄羅斯。
- Он может играть в футбол.
  他能踢足球。
- Они умеют говорить по-русски.
  他們會說俄語。
- Тебе надо учиться.
  你應該讀書。
- Ему можно читать.
  他可以讀書。
- Нам нужно отдыхать.
  我們需要休息。
- Им нельзя гулять.
  他們不能散步。

你想學的語言，這裡全都找得到！

亞洲最潮語言，不學就落伍了！

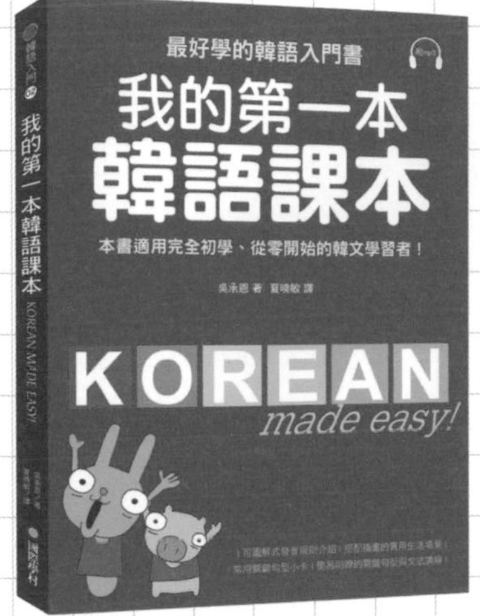

作者 / 吳承恩
定價 / 399 元 · 附 MP3

作者 / 吳承恩
定價 / 550 元 · 附 MP3

作者 / 安辰明、李炅雅、韓厚英
定價 / 450 元 · 附 MP3

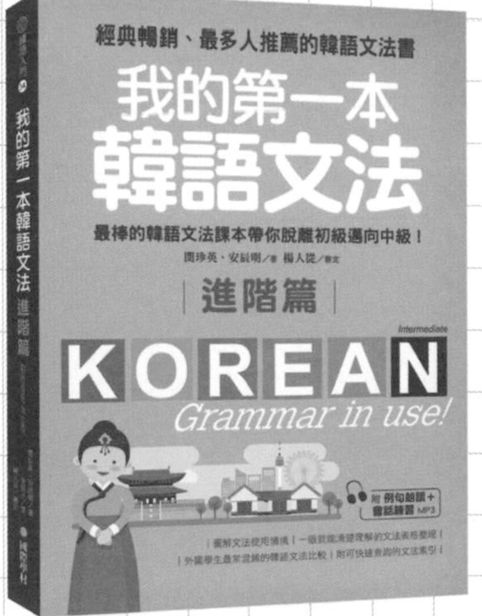

作者 / 閔珍英、安辰明
定價 / 600 元 · 附 MP3

作者 / 吳承恩
定價 / 299 元 · 附 MP3

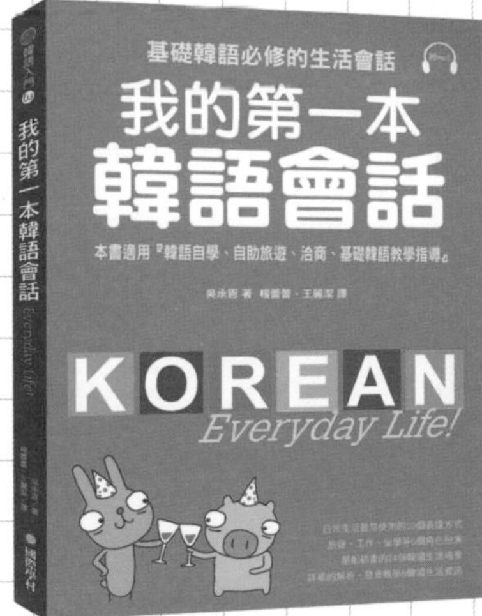

作者 / 吳承恩
定價 / 399 元 · 附 MP3

自學、教學都適用的學習教材

知己知彼，立足亞洲不是夢！

作者／奧村裕次、林旦妃
定價／350 元 · 附 MP3

作者／國際語言中心委員會
定價／199 元 · 附 MP3

作者／阮氏秋姮
定價／399 元 · 附 MP3

作者／阮秋姮
定價／380 元 · 附 MP3

作者／Lee joo yeon、魏愛妮
定價／399 元 · 附 MP3

作者／白知姈
定價／399 元 · 附 MP3

台灣廣廈國際出版集團 Taiwan Mansion International Group

國家圖書館出版品預行編目（CIP）資料

我的第一本俄語課本：最好學的俄語入門書 / 李慧鏡著.
-- 初版. -- 新北市：國際學村, 2017.09
面；　公分.
ISBN 978-986-454-048-8
1. 俄語 2. 讀本

806.18　　106008864

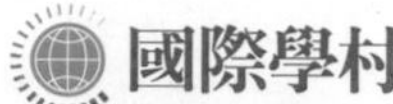

我的第一本俄語課本：最好學的俄語入門書

作　　者／李慧鏡
編輯中心／第七編輯室
編 輯 長／伍峻宏・編輯／鄭琦諭
封面設計／何偉凱・內頁排版／菩薩蠻數位文化有限公司
製版・印刷・裝訂／東豪・弼聖・明和

發 行 人／江媛珍
法律顧問／第一國際法律事務所 余淑杏律師・北辰著作權事務所 蕭雄淋律師
出　　版／台灣廣廈有聲圖書有限公司
地址：新北市235中和區中山路二段359巷7號2樓
電話：（886）2-2225-5777・傳真：（886）2-2225-8052

行企研發中心總監／陳冠蒨
整合行銷組／王淳蕙
媒體公關組／楊麗雯
綜合行政組／莊勻青
地址：新北市234永和區中和路345號18樓之2
電話：（886）2-2922-8181・傳真：（886）2-2929-5132

代理印務・全球總經銷／知遠文化事業有限公司
地址：新北市222深坑區北深路三段155巷25號5樓
電話：（886）2-2664-8800・傳真：（886）2-2664-8801
網址：www.booknews.com.tw（博訊書網）
郵政劃撥／劃撥帳號：18836722
劃撥戶名：知遠文化事業有限公司（※單次購書金額未達500元，請另付60元郵資。）

■出版日期：2023年03月6刷
ISBN：978-986-454-048-8　